W0319017

DAS STILLE GELD

Claudio Cantele

DAS STILLE GELD

KRIMI

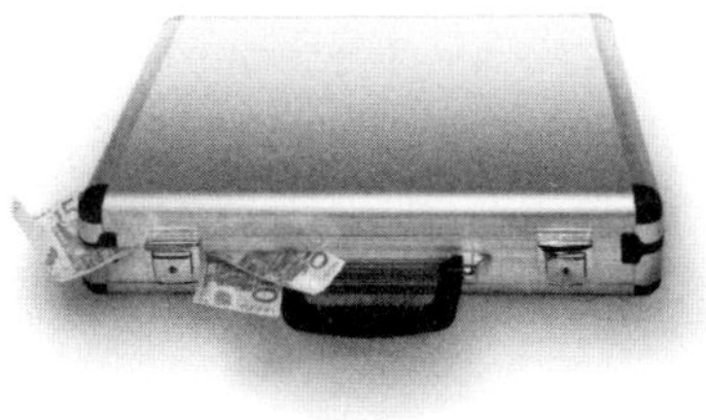

molden verlag

Flavio Contarini, italienischer Banker, lässt sich, trotz sehr turbulenter Ereignisse, von seinem Weg nicht abbringen.

Donatella trifft nach fünfzehn Jahren wieder ihre Jugendliebe Flavio.

Guido Konzett, Banker, Freund und Kollege von Contarini, riskiert viel und wird von der Realität eingeholt.

Maresciallo Luigi Scoppa versucht durch eine Beförderung seine Freundin Chiara Montana zu beeindrucken.

Capitano Mantovani geht gerne seinen eigenen kleinen Geschäften nach.

Adrian Scorpiu macht verbrecherische Geschäfte in Rumänien, wenn nötig auch mit Gewalt.

Fatoumata, attraktive Assistentin von Scorpiu, bekommt völlig unerwartet von ihm einen Schlüssel.

Limanu Mircea, junger Journalist in Bukarest, deckt die dunklen Machenschaften von Scorpiu auf.

Anton Lechner, Leiter einer kleinen Bankfiliale kurz vor der Grenze, würde gerne eine wichtige Rolle in der Hochfinanz spielen.

Salvatore Minotti, Kaufmann aus Padova, muss gegen seinen Willen einem Kriminellen helfen.

Kardinal Montebello versucht mit Hilfe des Journalisten Mircea, den Vatikan vor größeren Schwierigkeiten zu bewahren.

3. Mai  Udine

„Warum nicht Triest?“

Flavio Contarini kannte die Stadt und sie war geeignet für das, was sie vorhatten.

Salvatore Minotti war zufrieden. Er hatte in den vergangenen Monaten viel Geld verdient und saß in einer Bar in Udine, wo er bald einen seiner Großhändler treffen wollte. Er war sehr erfolgreich mit seiner Idee, Flachbildschirme in China und Rumänien herstellen zu lassen. Was er in Italien machen konnte, war das Design der Gehäuse zu entwerfen und nach seinen Vorstellungen produzieren zu lassen. Die Technik war leicht zu besorgen und billig, aber die Zusammensetzung der Teile und die Herstellung der Gehäuse waren in Italien zu teuer. Er hatte mehrfach versucht geeignete Partner zu finden, aber es war immer an den Kosten gescheitert. Eigentlich hätte er viel lieber in Italien produzieren lassen, doch es war zu verlockend, die niedrigen Lohnkosten in Rumänien und China für sich zu nutzen.

Er holte aus seiner dünnen Aktenmappe die letzten Kalkulationen hervor und war wieder einmal erstaunt, welche Spannen noch immer in diesem Geschäft möglich waren. Das einzig Langwierige war der Transport der Teile nach China und dann der Rücktransport der fertigen Geräte zurück nach Italien. Das kostete viel Zeit, aber die musste er in Kauf nehmen.

An diesem Nachmittag saßen wenige Leute in der kleinen Bar, die meisten kamen, nahmen ihren Kaffee an der Bar, wechselten gerade nur ein paar Worte mit dem Mann hinter der Theke und gingen wieder eilig davon. Doch ein Mann, etwa in seinem Alter, gepflegt, kurze Haare, hatte wie er an einem Tisch Platz genommen. Er sah aus, als ob er Zeit hätte und strahlte keinerlei Hektik oder Nervosität aus. Vor ihm stand ein aufgeklapptes Notebook und der Mann tippte flüssig in die Tasten, machte wieder Pausen und schrieb dann weiter. Minotti fragte sich bei ähnlichen Gelegenheiten immer wieder, was wohl die anderen so machten, womit sie ihre Zeit vertrieben, wovon sie lebten. Am liebsten wäre er jetzt aufgestanden, um dem Mann genau diese Fragen zu stellen, aber es war ihm klar, dass das nicht ging. Auch er hätte ziemlich verwundert reagiert, wenn ihm ein Unbekannter diese Fragen gestellt hätte.

Wahrscheinlich arbeitet er an einem Buch, dachte Minotti. Der Mann sah nicht danach aus, als ob er Geschäftliches zu tun hätte. Der Bildschirm des Notebooks war auch zu klein, um größere Tabellen vernünftig bearbeiten zu können. Nein, der schrieb sicher an einer Geschichte. Wie gerne hätte er das auch einmal gemacht, dachte Minotti. Es würde schon die richtige Zeit kommen, doch jetzt waren andere Dinge wichtiger.

Er legte seine Kalkulationen wieder in die Mappe, da ihm eine andere Sache in den Sinn kam, die er lösen musste. Er überflog die nur für ihn verständlichen Zahlen in seinem roten Moleskine-Notizbuch. Es waren die Umsätze der vergangenen sechs Monate und eine Liste seiner Abnehmer. Neben jedem Abnehmer standen jeweils zwei Zahlen, die eine für die fakturierten Umsätze und die andere für jene Beträge, die er diskret entgegen genommen hatte. Minotti hätte das nicht notwendig gehabt, seine Geschäfte liefen gut und er wollte aus Prinzip kein Problem mit Steuerbehörden haben. Doch seine Geschäftspartner hatten alle reichlich Bargeld zur Verfügung und so blieb Minotti nichts anderes übrig, als hin und wieder auch Barzahlungen für seine Geräte zu akzeptieren. Dies war die zweite Zahl neben der Liste seiner Abnehmer.

So hatte Salvatore Minotti im Tresor in seinem Ferienhaus in Pescara häufig einen größeren Geldbetrag. Von Zeit zu Zeit sorgte er dafür, dass das Bargeld sicher ins Ausland gebracht wurde, ihm selbst blieb aus seinen offiziellen Geschäftstätigkeiten genug übrig.

Zu diesem Zweck hatte er bereits seit einigen Jahren eine Geschäftsbeziehung zu einer Bank aufgebaut, die sowohl in Lugano als auch in Wien einen Sitz hatte. Die Bank galt als sicher und diskret, die Kommunikation lief immer einwandfrei. Sie lief so gut, dass er keinerlei Gründe sah, seinen Freunden davon zu erzählen, obwohl sie ihn immer wieder nach einem Tipp für einen sicheren Finanzhafen im Ausland gefragt hatten. Auch guten Freunden erzählt man nicht, wo man seine nicht versteuerten Gelder liegen hat. Salvatore Minotti hatte mehr als einmal erlebt, wie solche Informationen in heiklen Fällen genützt wurden und man dadurch erpressbar wurde.

Also gut. Er sah wieder auf seine Notizen und beschloss die Sache anzugehen. Diesmal sollte das Bargeld nach Lugano transferiert werden. Das Risiko des Transportes war ihm jedoch zu hoch. Die Grenze zur Schweiz wurde von den italienischen Behörden überwacht, jeder italienische Bürger, der in die Schweiz fuhr, war für die Guardia di Finanza automatisch suspekt. Die Vermutung einer Bankverbindung war für die Steuerfahndung immer naheliegend. Die deutlich wahrnehmbaren

Observationen der Polizei an der Grenze waren für viele Italiener Grund genug, sich einen Geldtransport zweimal zu überlegen.
Salvatore Minotti galt als guter Kunde. Er war bei der Veranlagung seiner Gelder nicht besonders wählerisch, ihm ging es um Sicherheit, einerseits die Sicherheit der Bank und andererseits die Sicherheit des Kapitals. Zu hohe Verluste wollte er nicht in Kauf nehmen, im Grunde genommen wollte er natürlich gar keine Verluste, aber sein Bankberater konnte ihn immer wieder davon überzeugen, spannende und damit auch ertragreichere Ideen umzusetzen. Nicht immer ging alles gut, aber grundsätzlich war er zufrieden, und rückblickend hatte er mit seinen Veranlagungen in Lugano ganz gut verdient. Auch die Bank hatte gut an ihm verdient, er war einer ihrer Topkunden, sodass ihm auch der eine oder andere Sonderwunsch gerne erfüllt wurde.
Dieses Mal wollte er nicht selbst das Geld in die Schweiz bringen. Es handelte sich um einen größeren Betrag und darüber hinaus musste er sich diesmal nicht nur um sein eigenes Geld, sondern auch um das eines rumänischen Geschäftspartners kümmern. Er war in einer unangenehmen Lage und das ließ ihm keine Ruhe. Er wollte das Problem lösen, so schnell wie möglich.
Er erinnerte sich wieder an den Abend in Pescara vor genau zwei Wochen. Sein Geschäftspartner aus Bukarest hatte sich gemeldet: „Hier spricht Adrian Scorpiu, ich muss Sie sprechen, Minotti.“ So hatte damals das Gespräch begonnen.
Scorpiu hatte ihm einen Container seiner Geräte abgenommen und belieferte damit einige Elektromärkte in Rumänien. Alles schien gut zu funktionieren, auch die Bezahlung der Fracht verlief immer reibungslos. Wie auch in Italien wurde der offene

Betrag in zwei Teilen entrichtet. Für Minotti war das nichts Neues und daher ging er auf dieses Geschäft ein. Immerhin konnte er einen Großabnehmer außerhalb von Italien gut brauchen.
Womit er jedoch nicht gerechnet hatte, war eine andere Seite seines Partners, den er anscheinend doch nicht gut genug kannte.
Zuerst sprachen sie nur über allgemeine Dinge am Telefon, bis der Rumäne dann endlich zur Sache kam:
„Kurz und gut, wir wissen beide, dass Sie, um es vorsichtig zu formulieren, steuerliche Lücken haben. Sie wissen, was ich meine, Minotti. Ich werde natürlich meine Informationen für mich behalten. Aber ich würde Sie um eine Gefälligkeit ersuchen. Von Freund zu Freund, sozusagen."
Minotti war sich nicht bewusst, einen Freund in Bukarest zu haben, schon gar nicht diesen.
„Ich würde gerne einen Koffer mit wertvollem Inhalt ins Ausland bringen. Nein, nein, keine Drogen und auch sonst nichts Verdächtiges. Ich bin ja kein Drogenhändler, auch wenn mir das hier ein Journalist in seiner Zeitung laufend vorwirft. Es ist nur Geld. Allerdings eine höhere Summe. Und dafür rechne ich mit Ihrer Unterstützung. Aus bestimmten Gründen kann ich mich diesmal nicht selber darum kümmern. Kann ich mich auf Sie verlassen?"
Was wäre ihm also anderes übrig geblieben. Er würde schon eine passende Gelegenheit finden, sich dafür zu revanchieren.

Minotti sah wieder zu dem Mann hinüber, der erneut eine Nachdenkpause eingelegt hatte.

Der Unbekannte blickte wie abwesend zu Minotti herüber und dachte: „Welche Notizen hat der wohl in seinem roten Notizbuch. Das wüsste ich gerne, das könnte ich gut in meinen Roman einbauen. Ob ich ihn ganz einfach frage? Vielleicht lieber doch nicht. Wenn die Gedanken im Kopf bleiben, sind sie mir lieber, sonst höre ich womöglich eine Antwort, die ich überhaupt nicht hören möchte."

4. Mai  Moskau

Die Inter-Finanza S.p.A. war vor nunmehr 18 Jahren gegründet worden und hatte ihren Hauptsitz in Mestre. Die Überlegung, die zur Gründung der Bank führte, war naheliegend. Die Familien Trevisan und Morosini wollten für die Abwicklung und Finanzierung ihrer umfangreichen Immobilientransaktionen lieber ihre eigene Bank verwenden, um nicht unnötige Fragen von Bankmanagern beantworten zu müssen. Alles lief zur vollsten Zufriedenheit der Eigentümerfamilien, die Projekte waren höchst profitabel und die Bank hatte im Lauf der Zeit genügend Eigenkapital aufgebaut, um jederzeit Zugriff auf die für die Projekte notwendigen Finanzierungen zu erhalten. Obendrein standen ja auch die Namen der beiden Familien für die Bonität der Inter-Finanza.

Bei jeder Gelegenheit betonten sie die Tradition des Bankhauses, wobei sich die Tradition aber eher auf die Familien, als auf das lange Bestehen der Bank bezog. Aber sie wussten, dass ihre Kunden und Geschäftspartner großen Wert darauf legten. So war ihnen der Zugang zu Transaktionen möglich, die einer kleinen, relativ jungen Bank wahrscheinlich verwehrt geblieben wären.

Zur Tradition gehörten natürlich auch die gediegene Innenausstattung, dicke Teppiche, schalldichte Türen und wertvolle Gemälde in den Besprechungsräumen. Das zweistöckige Gebäude aus dem 17. Jahrhundert, ein kleiner Palazzo, war aufwendig restauriert und mit der modernsten Technik ausgestattet worden, aber so, dass der ursprüngliche Charakter nicht verändert wurde. Man durfte keine Schritte in den Gängen hören und es wurde penibel darauf geachtet, dass keinesfalls ein Kunde mit einem anderen zufällig zusammentreffen konnte. Kunden, die die Bank betraten, wurden sofort von bestens geschulten Mitarbeitern am Empfang in exklusive Besprechungszimmer begleitet.

Überall war es still, die Türen fielen leise ins Schloss.
Eine Bank mit Diskretion. Das war die Inter-Finanza, daran gab es keinen Zweifel.

Es dauerte nicht lange, und die Anfragen nach persönlichen Bankgeschäften häuften sich. Persönliche Geschäfte bedeuteten nichts anderes als die Suche nach steuerschonenden Möglichkeiten. Dazu gehörten auch die notwendigen Verbindungen ins Ausland, wo die Vermögen sicher geparkt werden konnten. Die Geschäftsführung diskutierte das neue Geschäftsmodell mit den Eigentümern und man beschloss, die Grundlagen für eine endgültige Entscheidung zügig vorzubereiten. Nach Erstellung der entsprechenden Businesspläne kamen die Eigentümer zu dem Ergebnis, zwei Niederlassungen in Lugano und in Wien zu eröffnen. Lugano sollte die Klienten aus dem Piemont betreuen, die Filiale in Wien die aus dem Veneto. Wie auch immer, es waren zwei Alternativen vorhanden, die Klienten hatten nur auszuwählen, wo sie ihr Konto lieber haben wollten. Ein perfektes Service also. Das war jetzt vier Jahre her.
Guido Konzett und Flavio Contarini waren nicht nur Kollegen,

sondern auch Freunde. Konzett war für die Niederlassung in Lugano verantwortlich, Contarini leitete das Büro in Wien. Beide gehörten zu den *people with shining shoes,* keine Frage. Die Schuhe mussten zwar nicht wirklich glänzen, aber es sollte der Eindruck einstehen, als ob es so wäre. Auf den Gesamteindruck kam es an. Das war die Grundregel. Zwischen ihnen bestand nicht, wie vielleicht zu erwarten gewesen wäre, ein Konkurrenzverhältnis, sondern sie bauten das Geschäftsmodell der Inter-Finanza gemeinsam auf, unabhängig davon, wo die Erträge dann auch tatsächlich verbucht wurden. Dies war zweifellos das Rezept für den Erfolg dieses Geschäftszweiges. Sie versuchten heikle Situationen abzusprechen, gemeinsam Lösungen zu finden und dann den Kunden zu präsentieren.
In einem Punkt unterschieden sie sich jedoch: Konzett war in seiner Einstellung nur auf Erfolg ausgerichtet, für ihn waren Erträge und der Vorteil der Bank wesentlich. Von einem guten Geschäft konnte man dann sprechen, wenn die Bank entsprechend daran verdiente. Konzett hatte die Überzeugung, dass der Klient in der Regel ohnehin nicht ausreichend informiert sei und hohe Spesen gut verschmerzen könnte. Außerdem hätten seine Kunden ja auch den Vorteil der Diskretion einer sicheren Bank im Ausland. Das sollte ihnen etwas wert sein.

Konzett war etwas eitel, das sah man an seiner Kleidung und seinem Auftreten, er wollte immer alles perfekt aufeinander abstimmen, die Farben, die Stoffe und die Sprache. Daraus machte er auch gar kein Geheimnis. Als Sohn eines Industriellen aus Zürich war er schon früh erzogen worden, auf sein Äußeres zu achten. Das Unternehmen seines Vaters interessierte ihn jedoch nicht besonders, außer dass es ihm ein finanziell sorgenfreies Leben ermöglichte. Dennoch beschloss er nach seinem Studium, etwas aus sich zu machen und nahm das Angebot eines Aufenthaltes als Trainee bei einer Bank in der Londoner City an. In den ersten Monaten gab er eine Menge Geld für Hemden aus, so eine Auswahl wie in London gab es sonst nirgendwo. Doch bald zwang ihn der beschränkte Platz in seiner Wohnung, und besonders in seinem Kleiderkasten, mit dieser Sucht aufzuhören.

Nach fünf Jahren Aufenthalt bei der Bank im Ausland – wovon er sechs Monate in Boston verbringen durfte – wollte er wieder in die Schweiz zurück und nahm das verlockende Angebot der Inter-Finanza an, die Filiale in Lugano aufzubauen. Wenn er jetzt zurückschaute, war er mit seiner Entscheidung mehr als zufrieden. Alles lief bestens.

Contarini dachte anders. Nach seiner Überzeugung beruhte der Erfolg der Bank auf der Zufriedenheit der Kunden. Nur dann ließen sich langfristig stabile Erträge erzielen. Manchmal konnte es dafür auch notwendig sein, dass die Bank bei den Erträgen Abstriche machte. Auch wenn er hin und wieder einmal gerne ein schnelles Geschäft abschloss, waren für ihn doch die Nachhaltigkeit und der solide Aufbau wichtiger.

Vielleicht lag es an den Erfahrungen, die er in seinem Leben erworben hatte. Die Contarinis waren eine der alten Familien in Venedig, sein Vater arbeitete für einen multinationalen Konzern und daher verließ Flavio schon früh Venedig. Er verbrachte seine Kindheit zuerst in Argentinien, später einige Jahre in Singapur und Australien, und schon damals musste er lernen, sich auf andere einzustellen und mit einer neuen, fremden und wechselnden Umgebung zurechtzukommen. Das bedeutete nicht unbedingt Anpassung, aber er sah, dass es sich auszahlte, tolerant zu sein und die Menschen so zu akzeptieren, wie sie waren. Die Tradition seine Familie gab ihm die notwendige innere Sicherheit, mit neuen Situationen schnell zurechtzukommen, und dies führte zu einer Art angeborener Gelassenheit, um die ihn viele beneideten. Er trug seine dunklen gewellten Haare gerne etwas länger, achtete aber stets darauf, gepflegt zu wirken. Seine Kleidung musste er nicht nach langer Überlegung zusammenstellen, sondern er griff intuitiv nach den richtigen Farben und Stoffen, oft etwas zu salopp, aber eben das machte ihn sympathisch. Contarini strahlte Ruhe aus und kannte selten Hektik.

Als junger Mann beschloss Flavio Contarini, einige Monate in Europa zu verbringen, um auch diesen Teil der Welt näher kennen zu lernen. Auf seiner Reise durch mehrere europäische Städte kam er auch nach Wien und entschied sich, hier zu bleiben und sein Studium zu absolvieren. Er schaffte es in der Mindestzeit, und nachdem er seinen Abschluss in der Tasche hatte, wollte er zunächst das Bankgeschäft kennenlernen. Er verbrachte die nächsten Jahre bei zwei Instituten, die ihm die Möglichkeit boten, umfassendes Wissen zu erwerben und verschiedene Bereiche zu durchlaufen. Durch seine Verbindung zur Familie Morosini in Venedig bekam er dann das Angebot, für die Inter-Finanza tätig zu werden, und da er zu diesem Zeitpunkt keine anderen Pläne hatte, nahm er den Vorschlag gerne an.

Guido Konzett und Flavio Contarini hatten das gleiche Ziel, aber sie gingen verschiedene Wege, um es zu erreichen. Der eine direkt und ohne Rücksicht, der andere etwas mühsamer, aber mit ruhigem Gewissen.

Dennoch fanden sie immer einen gemeinsamen Nenner, der

eine immer wieder vom anderen belächelt, aber sie waren Freunde und hatten ein gemeinsames Ziel.

Ihre unterschiedlichen Einstellungen hatten sie immer wieder diskutiert, auch heute in einem Hotel in Moskau. Sie stiegen die Treppe von der Lobby hinauf zu Bar. Nach dem letzten Termin dieses Tages saßen sie in bequemen Fauteuils und waren zufrieden über die Gespräche, die sie an diesem Tag geführt hatten. Sie hatten wieder einige neue Klienten für ihre Bank gewinnen können und das Potential bei den russischen Kaufleuten schien fast unbegrenzt zu sein. Wenn einmal das Vertrauen aufgebaut war, flossen beträchtliche Summen je nach Präferenz entweder nach Wien oder Lugano. Doch zunächst hatten sie nur allgemeine Zusagen, noch keine endgültige Entscheidungen. Diese sollten in den nächsten Wochen kommen. Erst dann würde man einen Grund zu feiern haben, jetzt war es noch zu früh.
Heute warteten wieder viele attraktive Frauen an den Tischen, mehr als sonst um diese Zeit, wie immer unaufdringlich, im gedämpften Licht abwartend, den Blick suchend, nie direkt, der Gast sollte den ersten Schritt machen, das war die Vereinbarung mit dem Hotelmanager.
Die vielen Frauen machten es Konzett schwer, einen vernünftigen Gedanken zu fassen. Es war natürlich verlockend, den Blick schweifen zu lassen und die Proportionen der überwiegend jüngeren Frauen zu mustern, die nach großzügigen Kunden für die nächsten Stunden suchten. Doch er wusste, ein Blickkontakt, der länger als drei Sekunden dauerte, würde eine klare Aufforderung bedeuten. Und die Frauen suchten ständig Blickkontakt. So blieb ihm nichts anderes übrig, als einen uninteressierten Eindruck zu machen.

Contarini holte ihn abrupt in die Realität zurück.
„Salvatore hat mich angerufen. Du kennst ihn, der aus Padova. Er will uns Geld geben", sagte Flavio.
„Wieviel?", war die erste Frage von Guido. Darum ging es ja schließlich und um nichts anderes.
„Hat er nicht gesagt. Aber so einfach scheint es nicht zu sein. Er will uns das Geld nicht selbst bringen, zu unsicher. Wir sollen uns darum kümmern."
„Über die Grenze? Das haben wir doch bisher nie gemacht. Wegen Beihilfe zur Steuerhinterziehung und so weiter. Haben wir doch oft besprochen."
Flavio war überrascht, in dieser Situation Guido so zurückhaltend zu sehen.
„Du hast recht, Guido. Ich werde mit ihm sprechen. Vielleicht gibt es ja noch eine andere Lösung."
Der weitere Abend verlief so, wie viele andere Abende auch, die sie gemeinsam in Hotelbars im Ausland verbracht hatten. Sie tranken mehrere Gläser Weißwein und beschlossen kurz vor Mitternacht, in ihre Zimmer zu gehen. Noch ein letzter kurzer Blick auf die mittlerweile wenigen besetzten Tische, es waren nur noch einige Damen hier, und sie waren alle gerade sehr damit beschäftigt, den für diesen Abend wahrscheinlich letzten Kunden davon zu überzeugen, dass sie alle geheimen Erwartungen und Wünsche erfüllen würden.

7. Mai Padova

„Dottore Contarini?“

„Ja.“

„Hier spricht Salvatore. Alles in Ordnung?“

„Alles bestens.“

„Dottore Contarini, ich habe Ihnen doch kürzlich von einer Transaktion erzählt. Einen Transport, sozusagen. Haben Sie darüber nachgedacht?“

„Natürlich, Salvatore. Es freut mich, dass Sie an uns gedacht haben. Wir werden natürlich alles tun, um die Transaktion gut abzuwickeln. Wie ist der Zeitplan?“

„Bald. Aus gewissen Gründen möchte ich kommende Woche die Sache erledigen.“

„Gut. Wann möchten Sie kommen?“, fragte Flavio.

„Ich möchte nicht nach Wien, mir wäre lieber, Sie würden das Geld holen. Ich habe es hier in Italien, in bar.“

„Sie wissen, dass wir mit solchen Transporten Probleme haben.“

„Ja. Aber ich auch. Es ist nicht wenig. Sie werden daran verdienen“, war die knappe Antwort von Salvatore.

Contarini wusste, dass Salvatore auch bei zumindest einer anderen Bank ein Konto hatte; er tippte auf Liechtenstein.

„Um wie viel geht es?“ Flavio wollte Zeit gewinnen.

„22.“ Minotti wusste, dass das Eindruck erwecken würde.

„ …“

„Kommende Woche. Hören Sie, ich spreche von einem öffentlichen Telefon und muss jetzt abbrechen.“ Salvatore wusste, dass Flavio ihm jetzt keine Antwort geben konnte und es keinen Sinn machte, weiter zu reden.

„Ich werde die Sache mit Dr. Konzett besprechen. Melden sie sich wieder morgen vormittag?“

„Einverstanden.“

„Gut. Bis morgen.“

9. Mai 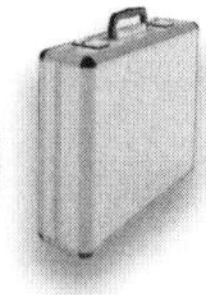 Wien

Für den kommenden Tag um 16:00 Uhr war eine Sitzung des Aufsichtsrates in der Bank in Wien angesetzt.

Flavio wollte noch seine Unterlagen durchsehen, er musste die Ergebnisse aus der Vorperiode präsentieren und wie immer einen Ausblick für das kommende Jahr geben. Die Sitzungen waren meist angenehm, der Aufsichtsrat zufrieden, die Teilnehmer stellten zwar viele Fragen und es wurde viel diskutiert, letztendlich gingen aber alle wieder in positiver Stimmung auseinander. Wie üblich, war auch Konzett dabei, weil sie immer alle Informationen austauschten und auch deshalb, weil Konzett und Contarini jeweils Vollmacht in der anderen Bank hatten.

Es sollte daher nichts Unerwartetes geschehen und Contarini wollte die Gelegenheit nutzen und nach der Sitzung mit Konzett die Geldübergabe von Salvatore besprechen. Konzett würde über Nacht in Wien bleiben, und so verfügten sie über genügend Zeit, einen Plan zu entwerfen.

Flavio konnte jedoch zu diesem Zeitpunkt nicht ahnen, dass die Sitzung des Aufsichtsrates etwas anders verlaufen sollte als üblich. Und er ahnte auch nichts von der Lawine, die ihn in den kommenden Wochen ziemlich in Anspruch nehmen sollte.

10. Mai  Wien

am Nachmittag

Konzett war in Wien gelandet und auf dem Weg vom Flughafen zur Sitzung in der Bank. Der Flug war pünktlich gewesen, und so konnte er sicher sein, rechtzeitig anzukommen. Er saß im Taxi und hörte im Radio die neuesten Meldungen zur immer problematischer beurteilten Schuldenkrise in Griechenland. Die griechischen Staatsanleihen hatten wieder im Kurs nachgegeben, einige seiner Kunden hatten gerade heute wieder nachgefragt, ob es nicht besser wäre, sich von den Papieren zu trennen.
Sollte er riskieren, dass seine Kunden Verluste machten und er sich dann monatelang Vorwürfe gefallen lassen müsste? Sollte er auf Erträge verzichten, wenn er die Anleihen verkaufen würde und dann die Gelder mit wenig Ertrag monatelang auf den Konten liegen bleiben würden? Wie wahrscheinlich wäre es, dass Griechenland tatsächlich seine Schulden nicht zahlen könnte?
Wie sollte er Entscheidungen mit so vielen unsicheren Informationen treffen?
Er beschloss sich mit diesen Fragen erst zu einem späteren Zeitpunkt zu beschäftigen, aber die Nachrichten aus dem Radio waren nicht ermutigend. Man erfuhr über die ersten Demonstrationen der griechischen Bevölkerung über geplante Sparpakete, während die griechische Regierung rund um die Uhr mit potentiellen Rettern verhandelte.

Konzett und Contarini warteten bereits im Sitzungssaal. Es war kurz vor 16:00 Uhr.
Die Eigentümer waren kurzfristig verhindert und hatten daher Vertreter zur Sitzung entsandt, um die formalen Erfordernisse zu erfüllen. Bisher war es noch nie vorgekommen, dass die wirklich wichtigen Personen nicht persönlich anwesend waren, und es gab immer ein genau geplantes Ritual, das den Tag bestimmte. Zuerst die Sitzung, dann der Opernbesuch und danach das Abendessen, bei dem informell die wichtigsten Entscheidungen getroffen wurden. Als Contarini erfahren hatte, dass die Eigentümer nicht kommen würden, hatte er für einen Augenblick eine leise Vorahnung, die er aber nicht begründen konnte und daher sofort wieder verdrängte. Sie wollten aber unbedingt an der Sitzung teilnehmen, und diesen Wunsch musste man natürlich erfüllen, obwohl es die Organisation und den Ablauf der Sitzung etwas erschwerte. Contarini hatte nicht viel Zeit gehabt, aber es war ihm gelungen, rechtzeitig alle notwendigen Vorkehrungen für eine Videokonferenz zu treffen. Er hatte schon wiederholt diese technischen Möglichkeiten genutzt und war damit durchaus zufrieden. Grundsätzlich saß er zwar lieber Menschen gegenüber, aber Videokonferenzen fanden ja ohnehin nicht sehr oft statt. Am Kopfende des Sitzungssaales war der Bildschirm montiert, er hatte eine Diagonale von etwa zweieinhalb Metern, die kleine Kamera darüber überblickte den Sitzungssaal, auf dem Tisch standen mehrere Mikrofone. Alles funktionierte heute bestens.
Kurz nach Beginn der Sitzung war die Stimmung noch gut. Die Punkte der Tagesordnung wurden wie gewohnt behandelt, es gab nichts Wesentliches, hauptsächlich formale Erfordernisse. Die Präsentation der Ergebnisse verlief wie gewohnt, und die

Teilnehmer nickten beiläufig. Sie suchten in den Unterlagen, fanden die richtigen Seiten, blätterten konzentriert, verglichen Zahlen, rechneten im Kopf.
Das Ergebnis der Bank war gut, wenn auch nicht überwältigend, und wurde mit den letzten Zahlen aus Lugano verglichen. Es folgte eine allgemeine Zustimmung zum Ergebnis, die Inter-Finanza S.p.A. konnte wieder mit einer schönen Dividende rechnen.
Flavio war guter Dinge, und als letzter wichtiger Punkt stand nun der Ausblick für das kommende Jahr auf der Tagesordnung. Der Ausblick war immer eine heikle Sache. Da ging es schließlich um die zukünftigen Erträge für die Inter-Finanza, und es gab wie immer hohe Erwartungen.
Als Contarini seine Zahlen präsentierte, spürte er, dass die Stimmung nach und nach unruhiger wurde. Kein freundliches Nicken der Teilnehmer mehr, Flavio spürte Anspannung im Raum. Er musste immer wieder neben den Teilnehmern im Raum auch den Bildschirm im Auge haben, um die Reaktionen seiner Eigentümer verfolgen zu können. Das machte die Sache nicht leichter. Seine Prognosen waren vorsichtig formuliert und geprägt von der unsicheren Situation auf den Märkten, ebenso wie der wieder erfolgreich durchgeführten Amnestie für italienische Steuerflüchtlinge. Jede dieser Amnestien der italienischen Regierung kostete die ausländischen Banken viel Geld. Vermögen wurden wieder nach Italien transferiert, die verwalteten Vermögen der Banken schrumpften, die Erträge gingen zurück. Insbesondere die Schweiz und Österreich waren davon stark betroffen. Flavio Contarini versuchte die Stimmung aufzuhellen, indem er mehrfach betonte, die vorsichtigen und niedrigen Ertragsziele seien nicht das Ziel, dieses liege natürlich

bedeutend höher. Es hätte keinen Sinn, aggressiv zu planen und dann die Ziele nicht zu erreichen, war sein Argument.
Doch es war zu spät. Die Zahlen entsprachen nicht den Erwartungen. Contarini sah auf dem Bildschirm, dass ein Assistent die Hand auf das Mikrofon gelegt hatte und anscheinend auf der anderen Seite der Leitung heftig diskutiert und gerechnet wurde. Contarini sah die Personen, die Gesichter, konnte aber nichts hören. Nach kurzer Diskussion wurden die Ertragszahlen für die kommenden zwei Jahre von den Eigentümern der Inter-Finanza wesentlich angehoben, ohne auch nur einen Einwand zuzulassen. Flavio blieb nichts anderes übrig, als die neuen Zahlen zu akzeptieren und zuzustimmen, obwohl ihm völlig unklar war, woher die Erträge kommen sollten. Innerhalb von zwei Wochen sollten die Budgets angepasst und ein neuer Ausblick vorgelegt werden.
Das war also die Situation.

Nachdem alle gegangen waren standen Konzett und Contarini allein im Sitzungssaal.
„Wird schwieriger, Guido."
„Das befürchte ich auch. Das steht mir in Lugano auch bevor. Aber was bleibt uns anderes übrig, als unseren Eigentümern die Tatsachen zu berichten?"
„Denk an den Satz von Billy the Kid: *Wer die Wahrheit sagt, braucht ein schnelles Pferd.*"

10. Mai  Wien

am Abend

„Was machen wir mit Salvatore?“, fragte Flavio, als sie später am Abend in einem ruhigen Lokal Zeit fanden miteinander zu sprechen und die erste Unruhe nach dem unerwarteten Sitzungsverlauf langsam gewichen war.
„Nach den heutigen Aussagen können wir es uns schwer leisten, so ein Geschäft nicht zu machen. Was glaubst du?“
Die erste Flasche Corvo war fast leer und so fiel es ihnen leichter, auch über gewagtere Pläne nachzudenken.
Flavio, noch unter dem Eindruck der vergangenen Stunden, fing an:
„Ich glaube, du hast recht. So ein Geschäft mit Salvatore bringt uns einen interessanten Ergebnisbeitrag, und außerdem wird er uns dafür dankbar sein. Ich habe mir etwas überlegt, Guido, mein Plan ist zwar nicht ganz einfach, aber es sollte funktionieren. Wir können das Geld nicht direkt übernehmen, also sollten wir eine Bank dazwischen schalten. Ich kenne den Leiter einer kleinen Bankfiliale, die ist kurz vor der Grenze. Wir machen die Geldübergabe in Triest, der Filialleiter übernimmt das Geld von Minotti, bringt es über die Grenze und zahlt es in seiner Bank auf ein Konto ein. Wir haben alle notwendigen Informationen über Minotti, die geben wir dem Filialleiter weiter, Salvatore muss natürlich zustimmen, aber so kann er problemlos ein Konto eröffnen. Von dort wird es zu uns nach Wien

überwiesen, und vielleicht später ein Teil weiter nach Lugano. Die Fahrt von Triest zurück zur Bankfiliale ist nicht so lang, das Risiko ist gering und der Filialleiter bekommt eine Provision für seine Bemühungen."

Für Guido war der Plan klar, wobei er aber insgeheim vorhatte, den größeren Teil des Bargeldes nach Lugano zu holen. Er würde Flavio schon davon überzeugen können. Aber später. Jetzt war nicht der richtige Zeitpunkt. Zuerst musste die Transaktion erfolgreich erledigt werden. Unter Dach und Fach sein.

„Wir wickeln alles über seine Stiftung ab, dann ist es mit den Unterschriften leichter. Hat er dir schon gesagt, um wie viel es geht?", fügte Guido noch hinzu.

„22 Millionen."

Guido war sprachlos. Hatte er richtig gehört?

„Trinken wir noch was?", fragte Flavio, aber er erwartete nicht wirklich eine Antwort und bestellte eine zweite Flasche. Es vergingen einige Minuten, beide sprachen kein Wort und waren ganz in ihren Gedanken versunken.

„Was geht dir durch den Kopf, Flavio?"

Er zögerte einen Augenblick. „Ich denke gerade an unsere Geschäfte, an meine Jugendliebe und so weiter."

„Und was denkst da genau?"

„Es muss nicht immer alles gesagt werden. Einige Sachen sind im Kopf besser aufgehoben."

„Ja klar, aber mir kannst du es ja erzählen", grinste Guido.

„Guido, hast du nicht auch Dinge, die du für dich behalten möchtest?"

„Keine Frage, aber wenn du deine Gedanken für dich behalten willst, dann gibst du den anderen keine Chance, darauf zu reagieren. Und du weißt nicht, ob du mit deinen Überlegungen richtig liegst und dich vielleicht andere Möglichkeiten weiter bringen würden."

„Stimmt schon, Guido, jedes Gespräch ist wichtig, das gebe ich zu. Vieles existiert aber nur deshalb, weil es im Kopf ist, und nicht verwirklicht wird. So vermeidest du, dass Gedanken und Ideen, sobald sie ausgesprochen sind, von der Wirklichkeit aufgerieben werden. Dann sind sie verpufft. Und du bist im Kopf ein wenig ärmer geworden. Oder leerer."

„Aber grundsätzlich willst du ja auch in deinem Leben eine Spur hinterlassen. Du möchtest ja auch andere an deinen Überlegungen teilhaben lassen und aus den Eindrücken, die du dann bekommst, formst du wieder ein neues Bild, das dir dann wieder eine Bereicherung bringt. Stell dir vor, du kannst deine Gedanken mit niemandem teilen, dann drehst du dich ja nur im Kreis und erkennst von allen existierenden Verzweigungen ja immer nur einen Teil der möglichen Wege."

„Ja, aber ich riskiere nicht, dass mir etwas verloren geht, weil es an die Oberfläche getreten ist. Mir ist schon klar, dass ich nicht alles erfassen kann, was auch wirklich an Möglichkeiten besteht, aber ich habe etwas für mich allein, das ich vielleicht mit anderen nicht teilen möchte. Solange ich es für mich alleine habe, besteht es weiter, auch wenn es nur im Kopf ist, aber dort bleibt es wenigstens. Ich erzähle dir eine Geschichte, die habe ich von Minotti. Unlängst war er in einer Bar in Udine. Ein Mann sitzt wie er an einem Tisch und schreibt in ein kleines Notebook. Ich weiß nicht, ob es dir auch manchmal so geht, dass du gerne wissen würdest, was andere machen, wovon sie leben, wie sie leben. Aber es fällt dir schwer, einen fremden Menschen ganz einfach danach zu fragen. So ging es auch

Minotti. Also überlegte er, was der Mann wohl tat und worüber er nachdachte. Er beschloss, aus diesem Mann einen Schriftsteller zu machen. Aus seiner Erscheinung konnte man ohne weiteres darauf schließen. Minotti empfand ihn als ausgesprochen sympathisch und ihm war aufgefallen, dass der Mann auch ihn beobachtete, vielleicht sich auch ein Bild von ihm machte. Nun erinnerte sich Minotti wieder daran, dass er eigentlich schon lange ein Buch schreiben wollte. Hat er seine Wünsche in diesen fremden Menschen projiziert? Für den Unbekannten war Minotti vielleicht ein Philosoph oder ein Tiefseetaucher. Was auch immer. So oder so, es war in den Köpfen der beiden und es war gut so. Vielleicht wäre die Realität ganz einfach ernüchternd gewesen und deshalb wollten sie die Wirklichkeit gar nicht kennen. Ganz einfach im Kopf belassen und ja nicht zu viel an den Tag bringen. Wie ein Refugium, das nur für dich da ist und wohin du dich zurückziehen kannst."

Flavio dachte an die Geschichte von Minotti und seine Begegnung in Udine, die ja eigentlich gar keine wirkliche Begegnung war, und setzte fort:

„Das ist wie ein Traum, den du vielleicht vergangene Nacht gehabt hast. Den erzählst du auch nur dann weiter, wenn er unverfänglich ist, weil du dich ja irgendwie schützen möchtest. Ein anderer, auch wenn er dein Freund ist, würde sofort damit beginnen, deinen Traum zu interpretieren und Schlussfolgerungen daraus ziehen. Und dir dann vielleicht auch noch Ratschläge geben. Warum träumst du gerade das, das bedeutet wohl dies und das, das sollte dir zu denken geben, du hast ein ungelöstes Problem, mindestens eines, vielleicht auch mehrere. Und, Guido? Hast du das notwendig, frage ich dich? Willst du

dir das alles wirklich anhören? Die vielen guten Ratschläge? Wenn der dann bei einer anderen Gelegenheit mit dir spricht, hat er im Hinterkopf immer das, was du ihm gerade vorher erzählt hast. Also kann er ja gar nicht objektiv sein, wenn du einmal einen vernünftigen Rat brauchst. Und du wirst nie seine wahre Meinung erfahren. Seine ehrliche Meinung."
„Aber hast du nicht mehr davon, wenn dir der andere seine Meinung sagt, die auch von seinen Eindrücken geprägt ist, die er sich von dir gemacht hat?", fragte Guido.
„Grundsätzlich hast du ja recht, aber ich glaube folgendes: Um mit der Welt zurecht zu kommen, brauchen Menschen Stützen oder Anker, um auf Situationen reagieren zu können. Sie schaffen sich Bausteine und verwenden die, die sie gerade brauchen, wenn sie auf eine neue Situation treffen. Diese Bausteine sind nichts anderes als die Erfahrungen, die sie schon früher bei einer anderen Gelegenheit gemacht haben. Für jeden Baustein steht eine Erfahrung, die also schon eingetroffen und auch gemeistert oder bewältigt worden ist. So kann in neuen Situationen eine alte, schon bestehende Lösung hervorgeholt werden, du hast die Schubladen und machst immer die notwendige auf und nimmst den geeigneten Baustein heraus. Das erleichtert das Leben ungemein und es gibt dir die Sicherheit, in jeder Situation das richtige Rezept zu haben. Einen Anker also. Dein Lager an Bausteinen wird natürlich immer größer, ich glaube aber, dass du dir die Bausteine selber bilden musst. Jeder von uns muss in jedem Augenblick eine Masse an Informationen verarbeiten, was in Wirklichkeit ja gar nicht möglich ist. Deshalb ist es notwendig, einen großen Teil der Eindrücke, wahrscheinlich sogar den überwiegenden Teil, sofort zu eliminieren und sich nur auf die wesentlichen zu konzentrieren. Nur

so hast du eine Chance, diese Eindrücke zu verarbeiten. Du brauchst sofort deine eigenen Bausteine und kannst nicht ununterbrochen auf die Bausteine von anderen Menschen zugreifen und dich darauf verlassen, dass diese schon erprobt sind."

„Damit vergibst du dir aber die Möglichkeit, aus der Erfahrung anderer zu lernen und dir diese Erfahrungen zunutze zu machen."

„Aber darum geht es ja nicht immer. Das wichtige ist, für neue Situationen gerüstet zu sein. Es geht nicht darum, immer die richtige Entscheidung zu treffen, weil eine Entscheidung ja nicht für alle gleich richtig ist. Du kannst nicht vor jeder Entscheidung zig Personen befragen und dir dann einen Durchschnitt aller möglichen Lösungen bilden. Dann verbringst du ja das Leben damit, dir ununterbrochen Fragen zu stellen, und die Situationen sind dann vielleicht auch schon wieder vorbei. Viel wichtiger ist es, wenn du dir für neue Situationen unmittelbar und gleich deine Lösung hervorholen kannst. Ich gebe dir ein Beispiel: Wenn wir mit einem Kunden zusammen sitzen, dann warten wir ja auf seine Reaktion, nachdem wir ihm Vorschläge gemacht haben. Oder er hat eigene Ideen, auch wenn das nicht oft vorkommt, wie wir ja wissen. Auf jeden Fall warten wir zuerst ab und je nachdem, wie er reagiert, ziehen wir die eine oder die andere Schublade heraus. Das funktioniert im Normalfall bestens, wir haben es ja oft genug ausprobiert, getestet. Reaktion und Gegenreaktion. Und wenn etwas ganz Unerwartetes geschieht, womit wir nicht gerechnet haben, ziehen wir auch dafür eine Schublade heraus. Das ist nichts anderes als der Baustein, von dem ich dir erzähle. "

Die zweite Flasche war inzwischen leer und sie beschlossen, noch eine kleine Grappa zu nehmen.
„Ich sehe das ein wenig anders", setzte Guido fort. „Um bei deinem Beispiel zu bleiben. Ich gehe in ein Gespräch mit der klaren Vorstellung von dem, was ich erreichen möchte. Mir ist die Reaktion meines Gegenübers eigentlich egal, ich bleibe bei meiner Linie und versuche, ihn so lange von meiner Sache zu überzeugen, bis er so weit ist. In der Mehrzahl der Fälle funktioniert das ganz gut. Natürlich verwende ich auch Bausteine, aber der Unterschied zu dir ist, dass ich mein Ziel nicht laufend an die Reaktionen des anderen anpasse. Glaube mir: damit lebt es sich besser."
Flavio überkam langsam eine angenehme Müdigkeit und sie warteten gerade auf die zweite kleine Grappa.
„Ich gebe dir noch ein anderes Beispiel", setzte Flavio fort. „Du kennst doch den sehr vernünftigen Satz: *Es ist besser mit der Masse zu irren, als gegen sie recht zu haben.* Das sollte eigentlich der goldene Satz der Anleger und Händler sein. Denn in Wahrheit hat die Masse immer recht, selbst wenn sie einmal falsch liegt, weil die Masse die Preise bestimmt und du als Einzelner dagegen nichts unternehmen kannst. Das bedeutet doch nur, dass du deine Ziele nicht eigenständig verfolgen kannst, sondern immer darauf achten musst, was alle anderen machen. Es nützt dir nichts, wenn du deinen Weg ohne Rücksicht in eine Richtung gehst, wenn alle anderen schon in eine andere Richtung gehen. Deshalb musst du zuhören und deine Entscheidung auf die anderen abstimmen."
„Ich stimme dir zu, aber gerade vorher hast du ja gesagt, dass du deine Gedanken nicht mit anderen teilen willst. Also handelst du ja nach deinen Vorstellungen, ohne auf andere Rück-

sicht zu nehmen und ohne die Meinung der anderen in deine Überlegungen einzubeziehen. Das ist ja genau das, was du mir vorwirfst. Oder?“ entgegnete Guido.

„Meine Gedanken sind eine Sache und die Handlungen eine andere. Für die Handlungen gibt es ja die Bausteine. Und diese entstehen durch laufende Rückkopplung oder Reflexion mit der Umwelt. Natürlich brauchst du die Menschen, um dir ein Bild zu machen, um dir eine Meinung zu bilden. Du lernst daraus, und es entsteht ein neuer Baustein. Das heißt aber noch lange nicht, dass die Meinung der anderen immer für dich mitbestimmend sein muss. Wenn ein junger Mann mit Gelfrisur samt aufgesetzter Sonnenbrille den Zuschauern im Fernsehen die Finanzmärkte erklärt, was nimmst du dann mit? Genau. Das reicht nicht einmal für einen sehr kleinen Baustein.

Für die Gedanken gelten andere Spielregeln. Deine Überlegung, ob ein Unbekannter, der dir gegenüber sitzt, ein Schriftsteller ist oder nicht, geht niemanden etwas an. Du willst ihn ja nicht davon überzeugen, ein Schriftsteller zu sein. Solange er für dich ein Schriftsteller ist, ist alles in Ordnung. In diesem Fall ist die Wirklichkeit unbedeutend. Lass dir die Möglichkeit und Freiheit, mit deinen Gedanken zu spielen.

Ich glaube, du läufst zu sehr Dingen hinterher und blockierst dir damit vielleicht deine Phantasie, Guido. Ich will damit nicht sagen, dass dir dadurch immer etwas entgeht, weil du ja mit deinen Zielen und deinen Methoden durchaus glücklich bist und damit eigentlich das erreichst, was du willst. Aber du machst mir manchmal den Eindruck, als hättest du jede Leichtigkeit und Unbeschwertheit verloren. Du willst deine Ziele verfolgen, ohne auf andere einzugehen. Sehr nüchtern. Hängt vielleicht mit deiner Erziehung zusammen. Musstest du immer

Erwartungen erfüllen, Ziele erreichen? Hat man das von dir verlangt?"

Flavio erwartete nicht wirklich eine Antwort und setzte fort: „Im Gegensatz zu dir bin ich Optimist. Ich möchte daran glauben, dass es Sinn macht, sich mit anderen Menschen auseinanderzusetzen. Allerdings ohne zu viel Eigenes oder Persönliches offenzulegen."

Flavio beobachtete die Reaktion von Guido genau und setzte dann fort: „Ich muss dir noch eine Geschichte erzählen: Vor einigen Jahren habe ich den Inhaber einer Wertpapierfirma in Paris getroffen und wir haben einen Abend gemeinsam verbracht und über verschiedenste Dinge geplaudert. Er war kurz davor, seine Firma zu verkaufen, weil er gesehen hatte, dass die Entwicklung seines Unternehmens nicht mehr so positiv war, wie er sich das eigentlich erwartete hätte. Er musste sich schon ernsthaft überlegen, Leute abzubauen und dachte, es sei wohl das Beste, seine Brokerfirma sozusagen am Höhepunkt eines möglichen Kaufpreises zu verkaufen, als später vielleicht nicht mehr das dafür zu bekommen, was er sich vorgestellt hatte. Ich war damals neugierig zu erfahren, wie jemand, der schon Jahrzehnte mit Wertpapieren zu tun hatte, unser Geschäft sah, und ich gebe auch zu, dass ich von ihm lernen wollte. Ich weiß nicht, wie es dir geht, aber man trifft ja selten Leute, die bereit sind, etwas zu erzählen, ohne Eigeninteressen damit zu verfolgen. Und er gab bereitwillig Auskunft. Schon über sechzig und nicht, wie viele andere, nur darum bemüht, Eindruck zu machen. Es war diese Einstellung, die mich beeindruckt hat. Die Einstellung eines Menschen, der alles erreicht und es nicht mehr notwendig hat, nur etwas Belangloses hinaus zu posaunen.

Und ich habe mir gut gemerkt, was er erzählt hat. Er sagte: Das, was wir in unserem Geschäft machen, ist doch eigentlich nur ein großes Spiel. Es ist ein laufendes Geben und Nehmen, wir geben vor, den Anderen zu verstehen und verfolgen doch nur unsere eigenen Vorstellungen. Wir wollen zufriedene Kunden und denken doch nur daran, selbst zufrieden zu sein. Wir geben vor, auf etwas einzugehen und haben schon längst entschieden, was wir selber wollen. Wir machen den Eindruck, als ob wir uns intensiv mit Lösungen beschäftigen würden, und haben doch schon längst vorher die Lösung vorbereitet. Bei dem, was wir machen, geht es doch nur darum, jemandem das Gefühl zu geben, dass er seine eigenen Vorstellungen durchgesetzt hat. Dann ist er zufrieden und das ist es ja, was wir vermitteln wollen. Was dahinter abläuft und welche Ziele wir wirklich verfolgen, ist für seine Zufriedenheit völlig unerheblich. Im Gegenteil: Man muss den anderen doch nur in seiner Meinung bekräftigen und schon ist er glücklich. So leicht geht das. So ist unser Geschäft.

Ich muss dir sagen, dass ich das damals eigentlich nicht so sehen wollte, weil mir damit ein Teil meiner Illusionen genommen worden wäre. Es hat mir zu denken gegeben, aber ich habe beschlossen, nicht alles zu glauben. Merkwürdig, nicht? Du sitzt jemandem gegenüber und bekommst die Chance, viel für dein Leben zu lernen, und dennoch hast du in dir das Gefühl, dass du nicht alles glauben willst, oder besser, nicht alles übernehmen willst. Es gibt ja vielleicht noch einen anderen Weg, oder viele andere Wege, war ich mir sicher. Er hat ja auch nur aus seinen Erfahrungen gelernt und sich seine Bilder geformt, hat sich seine Bausteine gebildet und auf diese zurückgegriffen.

Aber müssen diese Bausteine auch für andere zutreffend sein? Ich glaube, ich bin grundsätzlich Optimist, aber das geht nur, wenn man sich einige kleine Illusionen behält.
Ich bin mir nicht sicher, aber der Mann schien mir an diesem Abend eher ernüchtert zu sein, von der Art, wie er seine Geschäfte machte, von seinem Verhältnis zu den Kunden. Vielleicht hätte er es gerne geändert, wenn er die Möglichkeit gehabt hätte, aber dazu war es schon zu spät. Und schließlich war er ja damit erfolgreich und das hatte ihm wahrscheinlich die nötige Rechtfertigung für sein Verhalten gegeben.
Was ich mir aber überlegt habe, war, ob er mir etwas *nicht* sagen wollte. Oder anders, ob er mir eine Nachricht geben wollte, ohne sie ausdrücklich zu sagen. Eine Art Botschaft für einen jungen Mann um die dreißig. Mir war klar, dass er Gedanken hatte, die er für sich behalten wollte, weil sie dort gut aufgehoben waren. Vielleicht hielten ihn diese Gedanken am Leben. Das ist sicher etwas übertrieben, aber du verstehst, was ich meine."
„Eine interessante Geschichte, hätte den Mann auch gerne kennengelernt", sagte Guido. „Verstehe mich bitte nicht falsch, Flavio, aber gibt es für dich einen Unterschied zwischen Optimismus und Naivität?"
Obwohl er schon müde war, antwortete Flavio doch relativ rasch: „Das musste ja kommen. Ja. Es gibt einen Unterschied, Guido. Der Optimist lernt aus Fehlern. Der Naive macht nur immer so weiter. Insofern hat der Optimist das schwerere Los gezogen, weil er mehr reflektieren muss."
„Das heißt, dass du immer einen Plan B in deinem Leben bereithältst?"
„Der Optimist weiß, wann er einen Plan B braucht. Der Naive glaubt, nie einen zu brauchen."

Guido versuchte, sich das vorzustellen und sagte schon etwas benommen: „Ich brauche nie einen Plan B. Ich weiß, was ich will und setze mich durch, ohne auf die Meinung anderer Rücksicht zu nehmen. Vielleicht brauchen die anderen einen Plan B, aber ich sicher nicht."

Punkt. Schluss. Aus. Das war die typische Reaktion von Guido, wenn er sich nicht weiter mit einer Sache beschäftigen wollte. Sie beschlossen, ihre Unterhaltung an einem anderen Abend fortzusetzen, da die grundsätzlichen Unterschiede in ihren Einstellungen nicht an einem Abend ausgeräumt werden konnten. Außerdem hatte die Grappa bereits ihre Wirkung getan, und es fiel ihnen zusehends schwerer, klar zu denken.

11. Mai Lugano

Die Notierungen der griechischen Staatsanleihen sanken weiter und die Meldungen zur Situation auf den Kapitalmärkten verhießen nicht Gutes. Niemand wusste, ob sich nicht daraus ein Flächenbrand entwickeln würde und in den amerikanischen Nachrichtensendern wurde bereits Europa für die fallenden Aktienkurse und die Unruhe auf den Märkten verantwortlich gemacht. Der Euro fiel gegenüber anderen Leitwährungen, wenn auch nicht übermäßig stark, und eine wachsende Sorge um die Währung machte sich breit, nur einzelne Stimmen wurden laut, dass ein schwacher Euro für die exportierende Wirtschaft in Europa ein Segen sein würde.

Konzett saß in seinem Büro und blickte mit Sorge auf den Bestand seiner eigenen Wertpapiere in der Bank. Er hatte nach und nach Positionen in griechischen Staatsanleihen für das Eigengeschäft aufgebaut, um dadurch das Ergebnis der Bank aufzubessern. Es war auch jahrelang gut gelaufen, die hohen Zinsen brachten ihm einen guten Zusatzertrag und die Einnahmen der Bank aus dem Kundengeschäft konnten damit deutlich aufgebessert werden. Wie einfach war es gewesen, als Bank am Geldmarkt auch höhere Beträge zu sehr günstigen Zinsen zu erhalten und dann in Anleihen mit hoher Verzinsung zu veranlagen. Man konnte jeden Tag die Zinsspanne verdienen und sich bequem zurücklehnen, ohne auch nur einen Finger krüm-

men zu müssen. So hätte es immer weiter gehen können. Alles ging gut, solange die Anleihen nur keine Verluste hatten und abgewertet werden mussten
Natürlich war das riskant, dachte Konzett hin und wieder, als er die Positionen verfolgte. Natürlich wurde von ihm nicht erwartet, dass er mit Wertpapieren spekulieren sollte. Natürlich sollte er sich zur Gänze auf das Kundengeschäft konzentrieren. Aber verlockend war es schon, zusätzliche Erträge ohne viel Arbeit zu verdienen. Die Kunden waren mühsam geworden, zu viele Banken waren mit den gleichen Dienstleistungen auf dem Markt. Es wurde immer schwieriger, sich von den anderen zu unterscheiden und Marktanteile zu gewinnen.
Die letzte Bewertung der griechischen Staatsanleihen zeigte jedoch massive Abwertungen, er musste sich etwas einfallen lassen. Noch konnte er die Verluste vermeiden, indem er für die Bewertung der Wertpapiere die Kurse an einer Schweizer Nebenbörse verwendete. Dort blieben sie täglich unverändert, weil es keine Umsätze gab. Aber es war eine Frage der Zeit, bis seine Wirtschaftsprüfer das nicht länger akzeptieren würden. Die Sitzung seines Aufsichtsrates kam näher, und er würde einen hohen Erklärungsbedarf haben, das wusste er schon jetzt. Von den Folgen ganz zu schweigen.
Entweder würde er abwarten, bis sich die Lage beruhigt hatte, aber dies schien noch länger zu dauern, oder er musste jemanden finden, dem er die Wertpapiere zu einem überhöhten Kurs verkaufen konnte. Das musste ein Klient sein, der der Bank etwas schuldig war und nicht so genau auf Einzelheiten schauen würde. Einer also, der auf Vorschläge einging, ohne viel nachzudenken.
Ihm fiel jemand ein.

12. Mai Wien

„Hier spricht Salvatore."

„Guten Morgen, ich glaube wir haben eine Lösung. Können Sie ungestört sprechen?", antwortete Contarini.

„Kein Problem. Ich verwende gerade das Telefon meines Gärtners. Bei dem kann ich noch halbwegs sicher sein, dass es nicht abgehört wird."

Flavio blickte auf die Notizen, die er vor sich auf den Schreibtisch gelegt hatte und versuchte sich zu konzentrieren, um keine Details der Geldübergabe zu übersehen.

„Ich würde Triest vorschlagen. Das ist für Sie nicht weit von Padova und wir sind von dort bald wieder über der Grenze", begann Flavio.

„Gute Idee." Dieser Punkt war also geklärt. Minotti war damit einverstanden.

„Dann würde ich für diese Transaktion gerne eine kleine Bank dazwischen schalten. Das macht zwar die Sache etwas komplizierter, aber aus internen Gründen kann ich nicht Bargeld im Ausland entgegennehmen. Aber machen Sie sich keine Gedanken. Ich kenne diese Bank und auch den Mann, der nach Triest kommen wird", erklärte Flavio.

„Auch damit habe ich kein Problem, aber wenn jemand mit dem Transport beauftragt wird und Sie diese Person kennen, dann müssen Sie mir für den Ablauf und das Gelingen haften."

Haften. Verständlich, dass Minotti das von ihm verlangte, aber was erwartete er von ihm: Dass er bei Misslingen der Aktion das Geld aus seiner Privatschatulle ersetzen würde? Dass er Carabinieri an der Grenze bestechen würde?
Eine Floskel also. Eine Floskel, bei der beide wussten, dass sie eigentlich nichts besagte, aber doch den Zweck hatte, die Bedeutung und den Ernst der geplanten Transaktion zu betonen.
Die Kundenbeziehungen, bei denen alles immer problemlos ablief, wurden immer seltener. Nahezu jeder kam mit Sonderwünschen und verlangte nach Ausnahmen. Kaum ein Geschäft lief noch normal ab. Nicht nur Ideenreichtum wurde gefordert, sondern auch das Ausloten der noch letzten möglichen Wege innerhalb der bestehenden Gesetze. Das führte dazu, dass Contarini in der Bank bereits einige Spezialisten nur mit kreativen Lösungen beschäftigte. Nur so konnte er noch einen Wettbewerbsvorteil gegenüber anderen Banken erzielen, nur so konnte er noch auf individuelle Fragen eingehen und damit neue Kunden gewinnen.
Aber ein Geldtransport war eine heikle Angelegenheit. Wenn er einen Mitarbeiter einer anderen Bank dafür einsetzte, dann blieb ihm wohl nichts anderes übrig, als die gesamte Transaktion zu begleiten und zu überwachen. Aber dafür haften? Na gut. Er hätte ja schließlich auch ablehnen können. Es war seine Entscheidung.
Also antwortete Contarini mit einem Nicken auf die Frage, aber da sie am Telefon sprachen und Minotti das Nicken nicht sehen konnte, sagte Contarini leise: „Einverstanden. Wenn Sie das so wollen", und gab damit Minotti zu verstehen, dass ihm die Bedeutung dieser Forderung bewusst war.
„Wir machen die Übergabe in einem Lokal", ergänzte Contarini.

„Sie bekommen noch rechtzeitig die Einzelheiten wie Ort und Uhrzeit. Ich werde da sein, aber nicht in Erscheinung treten. Aber ich werde alles beobachten und gegebenenfalls eingreifen. Wenn ich Gelegenheit dazu habe, natürlich. Sie können sich dann nach der Geldübergabe wieder auf den Weg machen und ich werde Sie dann später über die erfolgreiche Transaktion informieren, wenn Sie das so möchten."
Natürlich wollte Minotti über den Ausgang informiert werden. Auch wenn Contarini die Sache begleiten würde und ein großes Vertrauensverhältnis zwischen ihnen bestand, wollte er gerne sein Geld in Sicherheit wissen. So schnell wie möglich, sobald kein Risiko mehr bestand.
Minotti hatte den Geldkoffer bereits durch einen Boten erhalten und hatte Scorpiu versprechen müssen, ihn so bald wie möglich über den erfolgreichen Transport zu informieren.
„Ich werde Ihnen noch rechtzeitig eine Telefonnummer geben, unter der Sie mich an diesem Tag erreichen können. Ich muss vorsichtig sein. Die Guardia di Finanza ist überall. Das wissen Sie ja auch", sagte Minotti
Contarini stand unter Druck, er musste seine Erträge steigern, mehr, als er mit seinen vorsichtigen Planungen eigentlich vorgesehen hatte. Es nutzte nichts. Er konnte auf ein solches Geschäft nicht verzichten, auch wenn ein gewisses Risiko bei einem Geldtransport immer vorhanden war. Aber die Bank würde gut daran verdienen und das war das Risiko wert.
Er hatte beschlossen, eine Ausnahme zu machen, aber wirklich nur dieses eine Mal.
„Es zählt immer nur das Ergebnis, das Gehabte und das bereits Vergangene haben keinen Wert." Wie oft hatte er das in den letzten Jahren gehört. Und auch selbst gesagt.

13. Mai  Verona

Konzett und Contarini hatten gemeinsam einen wichtigen geschäftlichen Termin in Verona wahrgenommen. Die Inter-Finanza hatte den Auftrag bekommen, für einen Möbelhändler aus Lettland eine mögliche Beteiligung an einer Firma in Verona zu prüfen. Diese Firma stellte Beschläge für historische Möbel her und hatte in der Branche einen ausgezeichneten Ruf. Der lettische Unternehmer war der größte Händler von Antiquitäten im baltischen Raum und hatte laufend Bedarf an Einzelteilen für seine Möbel, die er zum Großteil aus Verona bezog. Er wusste, dass sein Lieferant mit dem Eigenkapital kämpfte und daher beschloss er ein Übernahmeangebot zu legen. Er hätte sich auch mit einem kleineren Anteil zufrieden gegeben, aber grundsätzlich wollte er mindestens fünfzig Prozent an dem Unternehmen.

Die Inter-Finanza bekam den Auftrag, nicht nur die Bilanzen zu prüfen, sondern auch den Zustand der Maschinen und Geräte einzuschätzen und die vorhandenen Liegenschaften zu bewerten. Ein interessantes Mandat also, etwas anders als sonst, Konzett und Contarini waren dafür verantwortlich. Sie sollten eine Bewertung des Unternehmens erstellen und dann für den lettischen Möbelhändler die Preisverhandlungen führen.

Insgesamt war das ein großer Auftrag für eine Bank wie die Inter-Finanza, und daher kämpften sie sehr mit den ohnehin knappen Ressourcen. Deswegen hatten sie einige Teile der Bewertung an befreundete Wirtschaftsprüfer und lokale Immobilienexperten ausgelagert. Die ersten Ergebnisse hatten sie gerade erst erhalten und waren dabei, die Zusammenfassung zu erstellen.

Sie saßen in einer Bar auf der Piazza delle Erbe und wollten die nächsten Schritte zu diesem Projekt besprechen. Die Luft war angenehm an diesem Frühlingstag und daher waren die meisten Tische vor dem Lokal besetzt. Sie hatten beide Campari bestellt, und der Kellner brachte dazu die obligate Schüssel Chips und auf einem kleinen Teller einige grüne Oliven. Im Haus gegenüber spiegelte sich in einem Fenster schon seit einigen Minuten die Sonne und schien jetzt direkt auf Contarini. Er suchte in den Taschen nach seiner Sonnenbrille und dachte, dass es eigentlich der perfekte Tag gewesen wäre, um sich zurückzulehnen und ein wenig die Menschen auf der Piazza zu beobachten, aber Konzett redete ohne Unterbrechung auf ihn ein und versuchte ihn von seinem Plan zu überzeugen. Sie hatten einige Tabellen vor sich liegen, und Konzett wollte unbedingt die Zahlen etwas verändern, anpassen, wie er es nannte, die Bewertungen hinauf setzen. Dadurch würde auch die Provision automatisch höher ausfallen, und wenn einmal das Geschäft gelaufen war, würde es schon niemandem auffallen. Contarini hatte zwar nichts gegen höhere Provisionen, dachte aber viel mehr an die möglichen Konsequenzen, wenn die Manipulation ans Licht kommen würde. So verbrachten sie fast eine Stunde mit der Diskussion über Sinn und Moral, über Grenzen und Vernunft. Contarini erinnerte sich an die Frage von Konzett, als es um Optimismus und Naivität ging. Contarini wollte aus Fehlern lernen, nicht aus seinen eigenen, denn die hatte er in seinem Leben weitestgehend vermieden, sondern aus den Fehlern anderer.

Doch jetzt mussten sie über die geplante Geldübergabe sprechen, die für den nächsten Tag geplant war.

Contarini beabsichtigte, in Verona zu übernachten und von dort direkt nach Triest, Konzett plante, zurück nach Lugano zu fahren.

„Guido, ich glaube, es wäre gut, wenn wir beide bei der Übergabe in Triest dabei wären. Erstens, weil Minotti uns kennt, aber nicht den Filialleiter, und zweitens, weil wir eingreifen könnten, wenn nicht alles nach Plan läuft. Was meinst du?"

„Fahren wir beide hin; das sollte uns die Transaktion wert sein", antwortete Konzett, ohne lange zu überlegen.

„Ich habe Salvatore gesagt, er soll seinen Wagen am Hafen parken und die paar Schritte über die Via Annunziata zur Via di Cavana gehen. Wir treffen diesen Filialleiter im Hotel Duchi d'Aosta, von dort sind es nur einige Minuten zur Trattoria due Fratelli. Wir müssen ohnehin mit ihm seine Provision besprechen und ihm die Aufträge für die weiteren Schritte geben,", sagte Flavio mit einem Anflug eines Lächelns. Dennoch war es eine riskante Transaktion, er war froh, nicht selbst mit dem Koffer über die Grenze fahren zu müssen. Aber von diesem Plan hatten alle etwas, alle konnten profitieren.

Und Guido konnte zumindest teilweise sein Problem mit den griechischen Staatsanleihen lösen, wenn der Kunde mitspielte. Insofern sollte es ein guter Tag werden.

Es musste nur alles glatt gehen. Wie sich die Dinge dann allerdings entwickelten, konnte Flavio Contarini nicht voraussehen. Am nächsten Tag, gleich nach dem Frühstück, wollten sie sich auf den Weg nach Triest machen.

14. Mai  Triest

am Vormittag

An diesem Freitag ging Maresciallo Scoppa etwas langsamer als sonst in die Questura von Triest in der Via Tor Bandena n.6. Er hatte bis 15 Uhr Dienst, wusste aber, dass an diesem Tag ein besonderer Auftrag zu erledigen war. Er hatte keine besonders gute Laune, da zu erwarten war, dass der Dienst heute länger dauern würde. Vielleicht sogar viel länger. Kaum war er in der Questura angelangt, wollte ihn sofort der Capitano sprechen. Sofort. Der Grund konnte nur der Einsatz sein, der ihm tags zuvor per Fax angekündigt wurde.
Bevor er zum Capitano ging, wollte er noch von seinem Schreibtisch das Fax holen und schnell überfliegen:

An die Questura di Trieste:
Die Guardia di Finanza beobachtet seit längerer Zeit Salvatore Minotti, derzeit wohnhaft in Padova, Via Cordoba 25. Er steht unter Verdacht, hohe Geldbeträge an seinen Wohnsitzen in Padova und Pescara sowie bei einigen seiner nahen Verwandten aufzubewahren. Die Herkunft der Bargeldbeträge ist unklar, jedoch gehen die Beamten der Guardia di Finanza davon aus, dass es sich um Schwarzgeld handelt. Eindeutige Beweise für eine strafbare Handlung von Salvatore Minottti liegen den Behörden derzeit noch nicht vor. Die Telefone von Salvatore Minotti wurden überprüft, und aus den abgehörten Gesprächen konnten eindeutige Hinweise

darauf gefunden werden, dass Minotti auch für einen rumänischen Geschäftsmann illegale Transaktionen plant. Derzeit handelt es sich nur um Vermutungen. Die Gesprächsprotokolle liegen vor. Die Ermittlungen stehen kurz vor ihrem Abschluss und die Guardia di Finanza geht davon aus, dass eine Geldübergabe geplant ist und ein hoher Geldbetrag in das Ausland transferiert werden soll. Die Übergabe soll in Triest stattfinden. Es ist für den Abschluss der Ermittlungen und die Einleitung eines Strafverfahrens gegen Minotti von erheblicher Bedeutung, diese Übergabe zu beobachten und zu verhindern, sowie die beteiligten Personen, insbesondere Salvatore Minotti, festzunehmen und danach zu vernehmen. Das Protokoll der Einvernahmen ist uns umgehend per Fax zu übermitteln.
Die Questura di Trieste wird daher angewiesen, diesen Freitag die notwendigen Beamten zur Verfügung zu halten und auf diesen Einsatz entsprechend vorzubereiten. Es sind nur erfahrene Beamte einzusetzen. Wir erachten den Einsatz eines Maresciallo sowie zweier Carabinieri für notwendig.
Der Ort und Zeitpunkt der Geldübergabe werden Freitag früh der Questura per Fax mitgeteilt. Zu diesem Zeitpunkt müssen die Beamten bereits verfügbar und einsatzbereit sein.

Capitano Mantovani hatte schlechte Laune. Er sprach lauter, als es notwendig gewesen wäre:
„Maresciallo. Die Guardia hat mir soeben mitgeteilt, dass diese Sache mit Salvatore Minotti heute Nachmittag um 15 Uhr stattfinden soll. Halten Sie sich bereit, den Ort erfahren wir erst im Laufe des Tages. Es wird kein üblicher Einsatz sein, ich stelle Ihnen zwei erfahrene Carabinieri zur Seite. Sobald ich den Ort

erfahre, werde ich Sie informieren und so bleibt Ihnen noch genug Zeit, sich mit der Umgebung vertraut zu machen. Den Einsatzplan entwickeln wir dann gemeinsam. Es scheint der Guardia sehr wichtig zu sein. Wir dürfen uns keine Fehler erlauben. Sie wissen, für den Questore sind gerade solche Fälle besonders wichtig. Haben Sie alles verstanden, Scoppa?"

„Jawohl, Capitano Mantovani. Ich erwarte Ihre Instruktionen", sagte Scoppa mit einem etwas unruhigen Gefühl im Magen.

Er hatte schon einige Erfahrung mit solchen Einsätzen, aber die Informationen der Guardia di Finanza waren stets zu allgemein und Überraschungen waren immer möglich. Scoppa hätte gerne die Tonbandprotokolle der mitgeschnittenen Telefonate gelesen, aber dazu blieb jetzt keine Zeit mehr. Es hätte ihn interessiert, mit wem er es zu tun hatte, einfach deshalb, um gleich zu Beginn möglichst jede Unsicherheit zu beseitigen. Aber so, wie er sich das vorstellte, ging es nicht. Es blieb Scoppa nichts anderes übrig, als seine Vorbereitungen mit den wenigen Unterlagen und Informationen, die ihm zur Verfügung standen, zu treffen. War dieser Minotti jung oder alt, kam er allein oder vielleicht überhaupt nicht. Vielleicht schickte er jemanden und blieb im Hintergrund und beobachtete alles, es ging ja schließlich um sein Geld. Wem konnte er schon vertrauen. Bei diesen Beträgen würde jedes Vertrauen auf eine harte Probe gestellt. Wie oft gibt es schon solche Gelegenheiten, würde sich mancher denken. Doch Minotti hatte sicher alle Möglichkeiten und Risiken bedacht.

Es blieben Scoppa nur noch wenige Stunden, aber er konnte sie nicht nutzen, weil er den Ort der Übergabe nicht kannte. Ein kurzes Gespräch mit den beiden ihm zugeteilten Carabinieri konnte nicht schaden. Er musste dieses Vorhaben allerdings

verschieben, weil die beiden Beamten gerade an dringenden Protokollen schrieben, die der Capitano bereits seit gestern erwartete.
Hoffentlich schickt uns die Guardia einige Bilder von Salvatore Minotti, das würde unser Leben erleichtern, dachte Scoppa. Was konnte er noch in der Zwischenzeit machen? Wenn es eine Geldübergabe gibt, wer ist dann der Partner? Wer übernimmt das Geld? Einen Koffer, eine Tasche oder irgendwie anders getarnt? Wahrscheinlich nicht erkennbar für Außenstehende. Natürlich. Scoppa hatte aber nur Zeit und Ort, hoffentlich bekam er Fotos.

Eine Stunde später läutete das Telefon. Vielleicht war das ja der Capitano mit neuen Informationen, dachte Scoppa.
„Maresciallo Scoppa, wir haben nun den Ort der Übergabe. Es ist die Trattoria due Fratelli in der Via di Cavana um 15 Uhr. Ich wünsche Ihnen viel Glück. Bringen Sie mir diesen Minotti und natürlich das Geld. Und wenn möglich schnappen Sie sich auch die Leute, die das Geld abholen. Das würde auf den Questore Eindruck machen“, lautete die knappe Anweisung des Capitano. Es blieben noch zwei Stunden, er konnte jetzt nichts essen, es war auch noch zu früh. An normalen Tagen aß er nie vor zwei Uhr. Es blieb aber genügend Zeit, um mit den Carabinieri den Einsatz zu besprechen, vor allem wollte er mit ihnen die Umgebung der Trattoria genauer untersuchen. Woher würde Minotti kommen? Die Trattoria lag in einer Fußgängerzone, die Flucht mit einem Wagen war daher nicht möglich. Warum hatte Minotti gerade dieses Lokal ausgesucht? Warum überhaupt ein Lokal? Gab es dort einen Hinterausgang? Es musste einen besonderen Grund geben.

Es gab keine Bilder von Minotti. Maresciallo Scoppa wurde mit jeder Minute unruhiger. Er musste eine Person fassen, die er nicht kannte, dann noch eine Tasche, vielleicht einen Koffer sicherstellen, und dann noch andere Beteiligte festnehmen, die wahrscheinlich nur für wenige Augenblicke in der Trattoria due Fratelli anwesend sein würden.
Die volle Verantwortung lag natürlich bei ihm, auf die beiden Carabinieri konnte er sich bei so einem heiklen Einsatz nicht wirklich verlassen, das wusste Scoppa. Die Carabinieri hatten nur die Aufgabe, die Gegend rund um die Trattoria abzusichern und auf Anweisungen zu warten. Möglichst unauffällig, sie trugen Uniformen. Nichts durfte auf einen Einsatz hinweisen. Alles musste wie zufällig erscheinen und im letzten Moment würde er zugreifen. Hatte er die Handschellen mit? Ja, er hatte sie schon vorher eingesteckt. Die Dienstwaffe? Hoffentlich würde er sie nicht brauchen.
Und wenn viele Passanten unterwegs waren, oder Touristen ? Das würde ihm zwar den Einsatz etwas erschweren, aber andererseits wäre dann seine Tarnung und die der Carabinieri leichter. Und das Wetter ? Sollte heute günstig sein, es war für den Nachmittag warmes Wetter angesagt. Also kein Regen. Er konnte sich erinnern, dass in der Via di Cavana vor nicht allzu langer Zeit in der Fußgängerzone ziemlich glatte Steinplatten verlegt wurden. Einmal hatte er einen Einsatz bei Regen miterlebt, bei dem ein Carabiniere bei der Verfolgung eines Verdächtigen auf einem glatten Steinpflaster ausgerutscht und hingefallen war, so dass der Täter lachend fliehen konnte und dem Carabiniere aus sicherer Entfernung noch ein paar eindeutige Worte zurief. Als dann der Beamte umständlich wieder auf die Beine kam, war vom Verdächtigen längst nichts mehr zu sehen. Aber Regen war ja heute

nicht zu erwarten. Diese Ungewissheit konnte er bei seinen Überlegungen ausschließen.
Für Scoppa musste dieser Einsatz ein voller Erfolg werden. Eine Beförderung zum Maresciallo Capo stand bereits seit einigen Monaten im Raum, und der heutige Einsatz sollte die endgültige Bestätigung für die Richtigkeit dieser Beförderung liefern. Die damit verbundene Erhöhung seines schmalen Soldes würde ihm gut tun, da er vorhatte, in einen der schöneren Außenbezirke von Triest zu übersiedeln. Er hatte schon etwas im Auge, auf einer Anhöhe, nicht groß, aber mit einem phantastischen Blick auf den Hafen und das Meer. So eine Wohnung würde auch seine neue Freundin Chiara von ihm erwarten. Sie war aus besserem Haus als er, und er musste ihr etwas bieten, das war ihm klar. Und ein Maresciallo Capo wäre doch schon etwas. Das würde Eindruck machen, natürlich auch auf ihre Eltern.

Der Vater seiner neuen Freundin war der angesehene Chirurg Professore Montana. Er hatte neben seiner Tätigkeit im wichtigsten Spital in Triest auch eine sehr gut gehende Privatpraxis im Zentrum sowie zwei Laboratorien, die die meisten Aufträge der Stadt erledigen durften.
Montana hatte außer seiner Tochter Chiara keine Kinder. Er liebte sie abgöttisch und wollte ihr jeden Wunsch erfüllen, soweit er dies konnte. Seine Tochter wusste das, wollte es aber nicht über Gebühr ausnutzen. Sie war sich ihrer Rolle als Tochter eines berühmten Chirurgen bewusst, blieb aber auf ihre Art bescheiden und nutzte bei weitem nicht alle Möglichkeiten, die sie gehabt hätte.
Natürlich hatten sie ein Motorboot und natürlich waren sie Mitglieder im Yachting Club Trieste. Aber viel lieber ging sie in

die Oper, und eines Abends sah sie dort einen Mann, der ihr gefiel. Das erste Mal bemerkte sie ihn, als sie ihre Karten an der Abendkassa abholte und er vor ihr in der Reihe stand, das zweite Mal dann später in der Pause, als er mit einer kleinen Flasche San Pellegrino in der Hand an einem offenen Fenster lehnte und sie feststellte, dass sie die gleiche Flasche in der Hand hatte und eben zu diesem Fenster gehen wollte. Sie beschloss, diesen Mann kennenlernen zu wollen und stellte sich wie er an das Fenster, das Glas in der Hand.
Scoppa gefiel diese junge Frau sofort, aber er war kein Draufgänger und auch kein großer Plauderer. Nach einer wortlosen halben Minute hob er das Glas in ihre Richtung und deutete ein „salute" an, ohne es jedoch zu sagen. Das würde ihm Gelegenheit geben, ihre Reaktion darauf abzuwarten, ohne gleich zu aufdringlich zu wirken. Sie war mutiger und *sagte* „salute" zu ihm.
„Darf ich mich vorstellen: Mein Name ist Luigi Scoppa."
„Chiara Montana."
Sie wechselten noch einige Sätze, bis die Glocke sie an den Beginn des nächsten Aktes erinnerte. Sie verabredeten sich zu einem Drink nach der Oper, und so begann die Beziehung zwischen zwei sehr vorsichtigen Menschen, die beide die Oper liebten.

Er dachte gerne an diesen ersten Abend zurück, doch jetzt fiel ihm wieder der bevorstehende Auftrag ein.
Er hatte schon leichtere Einsätze gehabt.
Und von diesem würde viel abhängen.
Er wollte Eindruck auf den Questore und den Capitano machen, er wollte die Beförderung und damit die neue Wohnung, und

dann wollte er auch noch seiner Freundin Chiara und dem Professore Montana zeigen, dass er als Maresciallo Capo zur Familie passte. Irgendwie passte.

14. Mai 

Ein Ort kurz vor der italienischen Grenze, am späten Vormittag

Die Bank kurz vor der italienischen Grenze war nicht sehr groß. Die wenigen Mitarbeiter waren gut geschult und vertraut mit den Geschäften, die von ihnen verlangt wurden. Zum Großteil waren es italienische Kunden, die gleich hinter der Grenze diskrete Bankgeschäfte abwickeln wollten. Es kam zwar nicht oft vor, aber immer wieder hatten die Bankbeamten mit Personen zu tun, die Bargeld auf ein Konto einzahlen wollten. In der Regel war dies nicht so leicht möglich, da umfangreiche Unterlagen für eine Kontoeröffnung notwendig waren und die wenigsten bereit waren, diese Unterlagen zu liefern. Mehr als einmal hatten potentielle Kunden ihr Geld wieder mitgenommen und waren wortlos gegangen. Die Mitarbeiter fragten sich dann, wohin sie jetzt wohl gingen, denn sie kamen auch nie zurück. Andere Banken mussten bei den Kontrollen großzügiger sein, eine andere Erklärung gab es nicht.
Wenn das Geld einmal im Ausland war, brachte es niemand mehr nach Italien zurück. Die Gefahr, dass die Carabinieri der Polizia Stradale Kontrollen machten, war zu groß. Und dann war da noch die Guardia di Finanza. Die einzige Möglichkeit, Gelder wieder zurück zu bringen, waren die Amnestien, die die italienische Regierung von Zeit zu Zeit gewährte. Aber auch das hatte seine Haken, und deshalb war es üblich, diese Am-

nestien nur für einen Teil der im Ausland verwahrten Beträge zu nutzen. Nicht alles, was man mühsam ins Ausland gebracht hatte. Man wusste ja nie, ob dadurch nicht weitere Nachforschungen ausgelöst würden.
Die Umstände der heutigen Transaktion waren zum Glück anders. Das war beruhigend.
Der Anruf, den der Filialleiter Anton Lechner Anfang der Woche entgegen genommen hatte, versprach ein schönes Geschäft.
Er sollte lediglich ein Konto eröffnen, die dafür erforderlichen Unterlagen bekam er von Mitarbeitern einer Bank in Wien und daher konnte er auf die Richtigkeit der Unterlagen und der Angaben vertrauen. Somit war es gar nicht notwendig, den Kunden persönlich zu sehen, was die Sache erheblich vereinfachte. Seine Aufgabe war lediglich, nach Triest zu fahren und an einem vereinbarten Ort einen Koffer mit Bargeld zu übernehmen, dann den Betrag auf das neue Konto einzuzahlen und ein paar Tage später weiter zu überweisen. Dafür gab es eine interessante Provision für die Bank, und die konnte Lechner gut brauchen.
Es gab nicht viele attraktive Geschäfte für die kleine Filiale, dazu gab es zu wenig interessante Kunden. Lechner hatte vor kurzem vertraulich erfahren, dass in der Zentrale bereits die Schließung seiner Filiale und Zusammenlegung mit einer benachbarten Bank diskutiert wurde. Wenige Kilometer entfernt hatte die Bankengruppe eine weitere Niederlassung, die zwar auch nicht profitabler war, aber einen Filialleiter hatte, der sich immer wieder durchsetzen konnte und viele Freunde in der Zentrale hatte. Lechner würde den Kürzeren ziehen, das war ihm bewusst. Wenn sich nichts ändern würde, wäre seine

Perspektive also stellvertretender Filialleiter im Nachbarort zu werden, nicht mehr im ersten Stock zu sitzen, sondern im Schalterraum, wo alle sahen, was er gerade machte. Also kam ihm dieses Geschäft gerade sehr gelegen. Mit den Erträgen könnte er vielleicht die Schließung seiner Bank verhindern.

Das einzige Risiko war der Transport, doch dafür gab es eine Versicherung. Sollte er aufgehalten und kontrolliert werden, konnte er behaupten, für den Kunden unterwegs gewesen zu sein. Es war also in Wirklichkeit das Risiko des Kunden, weil er ja genannt werden müsste, aber das wusste der Kunde nicht.

Für Anton Lechner würde dies ein interessanter Tag werden, er war schon länger nicht in Italien gewesen, und er mochte Triest. Vielleicht konnte er den Tag dort verbringen, natürlich um die Transaktion vorzubereiten, aber hauptsächlich um die Stimmung der Hafenstadt aufzunehmen und ein paar Stunden Zeit für sich zu haben.

Er beschloss, heute das Sportsakko anzuziehen und die Krawatte wegzulassen, es war besser, nicht unbedingt als Geschäftsmann aufzufallen. Das helle Sportsakko hatte Lechner besonders gern. Es hatte ein breites Karomuster in violett und passte besonders gut zum dunkelgrauen Hemd, das er für heute ausgewählt hatte. Die Kombination mit der grünen Anzughose und den braunen Schuhen machte ihn selbstbewusst, und er war davon überzeugt, dass er in einer Stadt wie Triest damit sicher nicht auffallen würde. Die grüne Hose glänzte schon etwas an den Oberschenkeln, aber seinen Kollegen fiel das nicht auf. Oder zumindest taten sie so. Aber für die heutige Reise war das alles nicht so wichtig.

Filialleiter Lechner war stolz auf sein Büro im ersten Stockwerk

der kleinen Bank. Er blickte aus dem großen Fenster hinunter auf den Hauptplatz und beobachtete die Passanten, von denen viele zu seinen Kunden zählten. Er kannte so gut wie jeden im Ort, und seit seiner Ernennung zum Filialleiter war er eine anerkannte und wichtige Person geworden.
Er dachte wieder an den Anruf und an die Einladung, an einem wirklich interessanten Geschäft teilnehmen zu können.
Die haben also an mich gedacht, wenn es um wirklich große Geschäfte geht. So macht man Deals in der Hochfinanz. Und ich bin ein Teil davon, überlegte Lechner nicht ohne einen gewissen Stolz, fast schon berauscht von den Möglichkeiten, die ihm das Leben bot. Bei passender Gelegenheit wollte er seiner Frau von dieser wichtigen Rolle berichten und wenn die Zeit gekommen war, auch seinen Kindern.
Seine Kunden auf dem Hauptplatz kamen ihm jetzt irgendwie unwichtig und kleinlich vor. Wenn die geahnt hätten, mit welchen bedeutenden Dingen er sich in Wirklichkeit beschäftigen musste.
Lechner ging langsam die wenigen Stufen hinunter in den Schalterraum und da gerade keine Kunden anwesend waren, beschloss er seine Mitarbeiter von der geplanten Transaktion in Triest zu informieren. Alle hörten ihm gespannt zu, sahen einander an, sagten aber kein Wort. Eine befreundete Mitarbeiterin von Lechner dachte: Anton. Warum tust du dir das an. Schau, dass du gut aus der ganzen Sache herauskommst. Lechner lächelte siegessicher, wie es eben erfolgreiche Leute tun. Das hatte er unlängst im Kino so gesehen, und er hatte sich die Szene gut gemerkt, um es später einmal anwenden zu können. Heute war der richtige Tag dafür.
Lechner warf einen Blick auf seine Uhr, die er von einer Ver-

sicherungsgesellschaft zu Weihnachten als Werbegeschenk erhalten hatte. Es war 11:37.
Er sollte gegen 14 Uhr in der Bar des Hotel Duchi d'Aosta auf Contarini warten. Das Treffen mit dem Kunden war für 15 Uhr geplant. Den Ort sollte er kurzfristig erfahren.
Am späten Vormittag machte sich Lechner auf den Weg nach Triest.

14. Mai  Padova

Etwa zur gleichen Zeit zählte Salvatore Minotti die Geldscheine in der kleinen Tasche. Er hatte dies schon zweimal gemacht, aber da es sich nicht nur um sein Geld handelte, wollte er sicher sein, dass der Betrag stimmte. Scorpiu hatte ihn in der Nacht noch einmal angerufen und wieder mit Meldungen an die Steuerbehörden gedroht und ihn an die Bedeutung der geplanten Transaktion erinnert. Scorpiu wollte mit dem Geld eine Immobilie in Südfrankreich erwerben, die Kaufverträge waren schon unterschrieben und es musste nur noch das Geld bei einem Notar hinterlegt werden. Die Zeit drängte also.

Kurz überlegte Minotti, ob er einen seiner Mitarbeiter nach Triest schicken sollte, um die Tasche zu überbringen, aber es erschien ihm dann doch zu riskant. Er musste selbst fahren. Und jeder Mitwisser war einer zu viel. Je weniger davon wussten, umso besser. Und von dieser Übergabe wusste tatsächlich niemand etwas, außer Contarini und Konzett natürlich. Aber denen konnte er vertrauen, von ihnen hatte er nichts zu befürchten.

Er schaute noch einmal in die Aufzeichnungen in seinem roten Notizbuch und überlegte, wie lange wohl die Fahrt nach Triest dauern würde und was er vielleicht dort noch erledigen könnte. Er ging die Anweisungen durch, die er von Contarini erhalten hatte und beschloss, etwas früher zu fahren als notwendig.

Vielleicht hatte er ja noch Zeit und vor allem Ruhe, um in einem Buch zu blättern. Er ging zu seinem Bücherschrank und entschied sich für Dantes *Komödie,* von der er mehrere Ausgaben besaß. Für die heutige Reise griff er nach dem Exemplar mit den Illustrationen von Gustave Doré und legte das Buch in ein Seitenfach der Tasche mit dem wertvollen Inhalt.

Nach einem kleinen Frühstück machte er sich auf den Weg nach Triest, nicht ohne sich ausgiebig von seinen zwei Hunden zu verabschieden. Er wollte gegen Abend wieder zurück sein, aber er konnte ja nicht wissen, was der Tag sonst noch mit sich bringen würde.

Seine Frau war seit einigen Tagen in Pescara und wusste von nichts.

14. Mai Triest

am Nachmittag

14:03

Wie vereinbart kam Anton Lechner in die Bar des Duchi, um noch die letzten Einzelheiten zu erfahren. Die Tische auf der Terrasse waren fast alle besetzt, und es wäre ihm angenehm gewesen, einen der wenigen freien Tische mit Blick auf die Piazza Unita d'Italia zu nehmen, aber aus Gründen der Vorsicht hatten sie die Bar im Inneren des Hotels für die Besprechung vorgezogen.

Lechner und Contarini waren gemeinsam bei einer Veranstaltung gewesen und hatten damals in einer Pause ein paar Sätze gewechselt, es musste fast zwei Jahre her sein, nun erkannten sie einander gleich, dieses Problem war also gelöst.

Da die Geldübergabe direkt zwischen Salvatore Minotti und Lechner stattfinden sollte, schlug Contarini ein Zeichen vor, um es Lechner zu ermöglichen, Minotti zu erkennen. Dies bedeutete, dass auch Contarini zum vereinbarten Zeitpunkt im Lokal sein musste, allerdings alleine und ohne auch nur ein Wort mit Minotti zu wechseln. Das war die Vereinbarung, die er am Telefon mit Minotti getroffen hatte. Auch mit ihm hatte Contarini ein Zeichen vereinbart, das ihm ermöglichte, Lechner als Boten zu erkennen.

Lechner sollte also in das Lokal gehen, das Zeichen von Contarini bekommen, mit Minotti Blickkontakt aufnehmen, sich als Vertrauensmann zu erkennen geben, eine Tasche übernehmen und das Lokal wieder verlassen. Er sollte mit niemandem sprechen, nicht auffallen, nur weg und dann schnell wieder über die Grenze.
„Und was springt für mich dabei heraus?“, wollte Lechner wissen.
„Was wollen Sie haben?“, fragte Konzett.
„Also ich nehme an, dass es sich um einen größeren Betrag handelt. Sonst würden Sie ja nicht diesen ganzen Aufwand auf sich nehmen, habe ich recht? Also sagen wir 50.000.“
„Herr Lechner, Sie haben ja nicht viel zu tun. Es gibt so viele Filialleiter, die das gerne machen würden, für viel weniger. Sagen wir 20.000“, pokerte Konzett.
Lechner überlegte kurz, die Zahlen in seiner Filiale für den Mai waren nicht gerade berauschend und so eine Provision würde das Ergebnis deutlich verbessern.
Konzett hatte Lechner beobachtet und spontan sagte er dann, ohne auf eine Antwort von Lechner zu warten: „Gut. 25.000. Aber mehr geht nicht.“
„Einverstanden.“ Lechner war zufrieden.
Nachdem sie auch diesen Punkt besprochen hatten, verließen sie mit einem kleinen Zeitabstand die Bar des Duchi d'Aosta.

14:33

Maresciallo Scoppa war inzwischen mit zwei Carabinieri auf dem Weg zur Trattoria. Er hatte seine Dienstwaffe wie immer dabei, hatte aber nicht die Absicht, sie zu verwenden. Der Auftrag des Capitano konnte sicherlich ohne großes Aufsehen und vor allem ohne großen Aufwand erledigt werden. Bis zu seinem Dienstschluss könnte er noch in Ruhe das Protokoll schreiben und damit wäre für ihn die Sache erledigt.

Das Lokal war nur wenige Minuten von der Questura entfernt, und als sie dort eintrafen, gab Scoppa den beiden Carabinieri Anweisung, wo sie sich positionieren sollten. Unauffällig, soweit dies möglich war, aber doch so, dass sie die Umgebung der Trattoria überblicken konnten. Einer sollte schräg gegenüber dem Lokal Stellung beziehen, aber einige Schritte auf und ab gehen und den Eindruck erwecken, als würde er dort warten, bis das Lampengeschäft nach der Mittagspause wieder öffnete. Der zweite Carabiniere sollte auf der anderen Straßenseite, etwa zwanzig Meter neben der Trattoria in einem Hauseingang stehenbleiben und eine Tageszeitung in der Hand halten. Scoppa selbst wollte im Lokal warten, es war um diese Zeit nicht unüblich, dass auch ein Beamter eine kurze Pause in einem Lokal verbrachte. Unauffällig, mit sich beschäftigt, mit dem Wirt plaudernd. So wollte er sich verhalten. Es sollte kein Verdacht auf etwas Dienstliches oder gar eine Amtshandlung entstehen. Um jederzeit den Überblick zu haben, was auf der Straße gerade passierte, war Scoppa mit seinen zwei Carabinieri per Funk verbunden. Sie hatten gerade die Geräte ausprobiert und sie funktionierten bestens. Scoppa musste nur bei seinem Gerät die Lautstärke etwas zurücknehmen, er war ja im Lokal und die Gäste sollten nichts merken.

14:40

Salvatore Minotti fand gleich einen Parkplatz am Hafen und war gerade auf dem Weg durch die Via Annunziata. Er wollte noch einmal zur Sicherheit mit Contarini telefonieren, kam aber dann von der Idee ab, das Telefon konnte ja abgehört werden und ein Telefonat hätte somit vielleicht den ganzen Plan gefährdet.

Da noch Zeit war, beschloss er schon in das Lokal zu gehen und seine Lieblingspizza diavolo zu bestellen. Dazu nahm er Mineralwasser. Damit war auch sein Aufenthalt dort unauffällig. Die Tasche, die er bei sich trug, ließ er zuerst auf dem Tisch, legte sie aber dann sicherheitshalber auf den Sessel neben sich.

Er war zum ersten Mal in diesem Lokal, obwohl er daran oft vorbeigegangen war. Es gab dort die üblichen schweren Holztische mit den rotkarierten Tischtüchern und an den Wänden hing eine Unzahl von Fotografien, alle in unterschiedlichen Rahmen, viele in schwarzweiß. Auf vielen Bildern war der Wirt zu sehen, auf manchen mit Kindern, auf anderen mit Verwandten oder mit Gästen. Auf einem kleinen Gestell stand eine von innen beleuchtete venezianische Gondel aus schwarzem Plastik.

Es waren nur drei andere Tische besetzt. An einem saß eine junge Frau mit einem Mädchen von etwa zehn Jahren. Sie machten den Eindruck, als ob sie beschlossen hätten, heute nicht zu kochen und stattdessen in eine Trattoria zu gehen. Vielleicht hatten sie ja eine gute Note zu feiern. An einem anderen Tisch hatte ein etwas älterer Mann gerade wieder einen halben Liter offenen Rotwein bestellt. Er saß an einem Tisch an der Wand und über ihm erkannte Minotti ein Foto, auf dem er und der Wirt vor einem Segelschiff zu sehen waren. Am drit-

ten Tisch unterhielten sich gerade zwei junge Männer angeregt über ihre Pläne für den kommenden Abend. An der Theke stand ein Maresciallo und unterhielt sich mit dem Wirt. Er machte den Eindruck, als ob er die Zeit bis zu seinem Dienstschluss möglichst angenehm verbringen wollte.
Alles war ganz unauffällig.

14:48

Es war ein sonniger Tag, und vom Meer wehte ein milder Wind, der die kleinsten Winkel der Via di Cavana erreichen wollte. Das war *sein* Wetter, so konnte es immer bleiben, dachte Flavio Contarini und spürte eine gewisse Zufriedenheit über die perfekte Planung und natürlich auch über die zusätzlichen Erträge für die Inter-Finanza. Dennoch dachte er darüber nach, inwieweit der ganze Aufwand und das doch bestehende Risiko für sich und Guido die Sache rechtfertigen würde. Der Druck, Erfolg zu haben, steigt nie plötzlich an, sondern schleichend, in kleinen Schritten, sodass man sich langsam daran gewöhnt, dachte Contarini. Es wird zu einem ganz normalen Zustand, man spürt die Übergänge nicht mehr, aber von Zeit zu Zeit wird es einem bewusst. Nicht, dass man nicht die Chance hätte, darauf zu reagieren, nein, aber dazu ist es dann wahrscheinlich zu spät, man ist Teil des Systems, und so wie der Druck wächst, gibt man ihn ja schließlich auch weiter. Was aber bleibt und nicht weitergegeben werden kann, ist die Verantwortung. Keine Ausreden, keine Begründungen für nicht erreichte Ziele, das ist im System nicht erlaubt. Deshalb war er jetzt auf der Via di Cavana auf dem Weg zur Trattoria due Fratelli, um eine

Transaktion zu beobachten, die er selbst geplant hatte und bei der es jetzt keinen Weg mehr zurück gab. Es fiel ihm nicht einmal auf, wie entspannt die Menschen an diesem Nachmittag unterwegs waren, mit der Aussicht auf ein sonniges Wochenende. Er wollte im Lokal einen Campari nehmen und unauffällig alles beobachten. Und die vereinbarten Zeichen geben.

14:58

Lechner war wenige Schritte vom Treffpunkt entfernt, als ihm die beiden Carabinieri auffielen. Es konnte natürlich ein Zufall sein, aber er fand auf Anhieb keinen Anlass und keinen Grund, warum die Carabinieri gerade hier stehen sollten. Einer las in einem Hauseingang die Zeitung, der andere unterhielt sich mit dem Besitzer eines Geschäfts und schaute zu, wie gerade die Rollläden mühsam mit einer Kurbel hinaufgelassen wurden. An sich eine unauffällige Situation, aber Lechner machte stutzig, dass zwei Beamte in unmittelbarer Nähe zum Lokal standen, sonst aber weit und breit kein einziger Carabiniere zu sehen war, soweit er die Via di Cavana überblicken konnte.
Für einen Augenblick überlegte er umzukehren, doch die Aussicht auf die vereinbarte Provision für seine Bank trieb ihn weiter. Dann betrat er das Lokal.

14:59

Konzett wollte in der Nähe bleiben, aber sonst nicht in Erscheinung treten. Für ihn war es wichtig, Contarini jederzeit unter-

stützen zu können, falls es notwendig werden sollte, sonst hatte er heute keine besondere Rolle.
Er spürte Euphorie, diese Art von Geschäften lag ihm. So macht man das. Man muss besser sein als die anderen. Und vor allem kreativer. Und in bestimmten Situationen ein Risiko auf sich nehmen, wenn es sich auszahlte. Und das tat es heute. Keine Frage. Dieser Tag konnte ihm, auch im Hinblick auf die kommende Aufsichtsratssitzung, einige Probleme lösen. Die Zeit drängte und er musste handeln, und das mit Hilfe seines Freundes Flavio. Alles schien nach Plan zu laufen, er war zufrieden, wenn auch etwas angespannt. Auch er hatte ähnliche Transaktionen noch nicht oft durchgeführt, Routine hatte er nicht damit. Dazu waren die Situationen immer zu unterschiedlich.

15:02

Als Lechner das Lokal betrat, bekam er von Contarini das vereinbarte Zeichen und ging ohne Umwege auf Minotti zu. Minotti hatte seine Pizza etwa zur Hälfte gegessen. Es waren noch einige Gäste in der Trattoria, darunter auch ein Maresciallo, der aber kein weiteres Interesse an den Vorgängen zu haben schien. Der Maresciallo trank sein Glas Weißwein in kleinen Schlucken und plauderte angeregt mit dem Wirt, der um diese Zeit nicht viel zu tun hatte.
Lechner sah auf dem freien Sessel neben Minotti eine Tasche liegen und dachte für einen kurzen Augenblick, wie wenig Platz doch so ein hoher Bargeldbetrag benötigte. Auch Minotti bekam von Contarini das vereinbarte Zeichen, sodass er langsam zu seiner Tasche griff, um sie Lechner zu übergeben. In

ähnlichen Situationen hätte er auf einem Einzahlungsbeleg der Bank bestanden, um zumindest etwas in der Hand zu haben, aber heute hatte er darauf verzichtet, er vertraute Contarini und wollte vermeiden, dass bei ihm im Fall einer Kontrolle ein Beleg gefunden würde. Außerdem würde Contarini ohnehin für alles geradestehen.

Als Lechner die Tasche entgegennahm, stand plötzlich der Maresciallo vor ihm, Minotti saß noch am Tisch.

„Mein Name ist Maresciallo Scoppa. Darf ich Sie fragen, was in dieser Tasche ist?" Scoppa war ganz ruhig und sprach leise, um nicht die Aufmerksamkeit der anderen Gäste zu wecken.

Lechner musste in der Sekunde eine Entscheidung treffen und beschloss, sich auf keine weiteren Diskussionen einzulassen. Er drehte sich um, machte drei große Schritte und war beim Ausgang. Sein Plan war es, mit der Tasche unter dem Arm zu Fuß so schnell wie möglich seinen Wagen zu erreichen, dann gleich auf kürzestem Weg die Stadt zu verlassen und die Grenze zu überqueren.

Vor dem Ausgang der Trattoria stand jedoch plötzlich einer der beiden Carabinieri. Die Situation schien für Lechner ausweglos. Intuitiv erkannte er aus dem Augenwinkel eine Gruppe japanischer Touristen, es waren etwa acht oder zehn, die gerade in der Via di Cavana in Richtung Piazza Unita d'Italia unterwegs waren, in schnellen kleinen Schritten. Er nutzte die Gelegenheit und war für ein paar Augenblicke in der kleinen Menschenmenge untergetaucht. Es gelang ihm, unbemerkt die Tasche mit dem wertvollen Inhalt in einen offenen Altpapier-Container zu werfen. Gerade noch rechtzeitig, denn die beiden Carabinieri standen jetzt vor ihm und an eine weitere Flucht war nicht mehr zu denken. Kurz darauf kam jetzt auch der Maresciallo

dazu, was wiederum Minotti die Möglichkeit gab, die allgemeine Verwirrung zu nutzen und unbemerkt in einer Seitengasse zu verschwinden.
Contarini stand langsam auf und ging zum Ausgang, den Campari hatte er schon bei der Bestellung beglichen. So konnte er als unbeteiligter Gast die beginnende Amtshandlung beobachten.
„Ich frage Sie nochmals. Was ist in der Tasche?“, fragte Scoppa diesmal mit einer ernsten Miene. Dann erst erkannte er, dass der Mann, den er da mitten auf der Via di Cavana befragte, gar keine Tasche bei sich trug.
Die beiden Carabinieri zuckten mit den Achseln. Sie waren also auch keine Hilfe.
„Können Sie sich ausweisen?“
Nach der Ausweiskontrolle wurde Scoppa bewusst, dass sich die Sache zu einem Fiasko entwickelt hatte. Der Mann, den er im Auftrag des Capitano und der Guardia di Finanza nicht nur beobachten, sondern auch festnehmen sollte, war verschwunden, die andere Person hatte nichts Verdächtiges an sich und auch die übergebene Tasche war nicht zu finden. So blieb dem Marasciallo nichts anderes übrig, als zu überlegen, wie er wohl seinen Kopf aus der Schlinge ziehen würde. Er musste sich für das Protokoll etwas einfallen lassen, die beiden Carabinieri würden ihn wohl decken, es war schließlich zum Großteil ihre Schuld, wie die Sache verlaufen war. Er beschloss zunächst, Lechner auf die Questura mitzunehmen, alles andere würde sich ergeben. Es war immerhin ein Vorteil, einen Beteiligten zu haben, die Einvernahme würde schon Tatsachen ans Licht bringen, die Scoppa entlasten könnten.

15:12

So standen nun die drei Beamten in der Via di Cavana vor der Trattoria und überlegten angestrengt, ließen dabei aber Lechner keine Sekunde aus den Augen. Der Wirt des Lokals und auch der Besitzer des Lampengeschäfts standen auf der Straße und warteten gespannt auf die nächsten Schritte. Aber die Amtshandlung war bereits beendet und die vier Männer verließen den Schauplatz in Richtung Questura. Maresciallo Scoppa verzichtete darauf, Lechner Handschellen anzulegen, er hatte genug Menschenkenntnis um abschätzen zu können, dass Lechner nicht der Typ war, der in so einer Situation fliehen würde.
Der Nachmittag konnte noch lang werden.

15:14

Konzett hatte das Schauspiel aus dem Inneren des Lokals beobachten und auch deutlich verfolgen können, was mit der Tasche geschehen war. Contarini stand vor dem Lokal. Nachdem sich die Beamten mit dem bedauernswerten Lechner entfernt hatten und auf der Via di Cavana wieder das gewohnte Leben einkehrte, gingen sie die paar Schritte zum Altpapierbehälter, dabei blickten sie in alle Richtungen. Weit und breit waren keine Carabinieri zu sehen und so konnten sie die Tasche unbemerkt aus dem Container ziehen. Sie spürten förmlich alle Blicke der wenigen Passanten auf sich gerichtet, doch sie versuchten sich mit der Erklärung zu beruhigen, dass sich unerfahrene Täter immer beobachtet fühlen, auch wenn niemand

von ihnen Notiz nimmt. Es war wohl nur Einbildung, und selbst wenn nicht – ihnen blieb in dieser Situation ohnehin keine andere Wahl.
So verließen Konzett und Contarini die Stadt mit einer Tasche unter dem Arm, festgehalten, fester als notwendig, aber nur nicht auffallen, keiner weiß ja über den Inhalt der Tasche Bescheid. Wortlos gingen sie zu ihrem Wagen, beide hatten denselben Gedanken: Wir haben eine Tasche und wissen eigentlich nicht, was wirklich der Inhalt ist. Es könnten ja auch nur Zeitungen sein, oder Drogen oder sonst etwas. Sollte es aber doch das vereinbarte Geld sein, dann hatte sie jetzt diesen unglaublichen Betrag bei sich, ohne je die Übernahme quittiert zu haben. Noch immer wortlos gingen sie nebeneinander und überlegten die nächsten Schritte, die sie nun vor sich hatten.
Die Fahrt verlief problemlos, und als sie die Grenze hinter sich gelassen hatten, fanden sie das erste Mal die Ruhe, über die Ereignisse der vergangenen Stunden zu sprechen.
Flavio spürte eine gewisse Anspannung bei dem Gedanken an das, was auf sie zukommen könnte. Gleichzeitig dachte er aber jetzt an Donatella und hatte ein Gefühl innerer Ruhe und leiser Zufriedenheit. Sein Herz begann etwas schneller zu schlagen, aber nicht wegen der vergangenen Ereignisse, sondern bei dem Gedanken an Donatella.

Salvatore Minotti war bereits auf dem Weg zurück nach Padova, aber er wagte es nicht, zu seinem Telefon zu greifen, um mit Contarini Kontakt aufzunehmen. Es erschien ihm zu riskant, möglicherweise abgehört zu werden und damit den Behörden vielleicht eine Spur zu legen.

Dennoch war es ihm zu diesem Zeitpunkt völlig unklar, was mit seiner Tasche geschehen war. Er hatte zwar beobachtet, wie Lechner in der Menschenmenge mit der Tasche etwas vorhatte, aber es blieb ihm keine Zeit, die Aktion von Lechner weiter zu beobachten. Er musste sich auf Contarini verlassen. Contarini würde die Sache unter Kontrolle haben. Er beschloss die Kontaktaufnahme auf später zu verschieben, zuerst wollte er die Alternativen in Ruhe prüfen und erst dann handeln.
Ihm fiel jetzt wieder der Fotograf ein. Minotti war aufgefallen, dass er auf dem Weg zu seinem Wagen von einem Mann mit einer Sofortbildkamera verfolgt wurde. Er war nicht weit entfernt und daher konnte Minotti deutlich erkennen, dass der Mann zwei Bilder von ihm und seinem Wagen gemacht hatte. Der Fotograf schien gar nicht zu versuchen, unentdeckt zu bleiben, und für Minotti war es sofort klar, dass diese Bilder unangenehm für ihn werden könnten. Es blieb ihm also nichts anderes übrig, als dem Fotografen die zwei Bilder zu einem angemessenen Preis abzukaufen. Der Fotograf machte dann noch zwei Bilder von einem Passanten, der gerade dabei war, in seinen Wagen zu steigen, wobei er darauf achtete, dass auf den Bildern das Kennzeichen des Wagens nicht vollständig zu erkennen war. Minotti konnte nur hoffen, dass der Fotograf keine weiteren Bilder von ihm gemacht hatte.
Was Minotti jedoch zunehmend Sorgen bereitete war die Tatsache, dass er wohl früher oder später seinem rumänischen Geschäftspartner von der erfolgreichen Geldübergabe berichten sollte, und ihm stattdessen die unangenehme Nachricht überbringen musste, dass einiges schief gelaufen war. Er kannte seinen Geschäftspartner aus anderen Situationen, und es war Minotti klar, dass die Sache für ihn nicht gut ausgehen würde.

Warum hatte er sich auch darauf eingelassen. Gut, er konnte sich durch das Entgegenkommen, eine Geldverschiebung ins Ausland zu organisieren, doch ein wenig Luft verschaffen, aber er zweifelte, ob er mit dieser Aktion Sorpiu als potentiellen Denunzianten wirklich unter Kontrolle hatte. Natürlich hatte er jetzt auch Scorpiu in der Hand, weil es sich bei dem Bargeld im Koffer offensichtlich um Schwarzgeld handelte. Aber er hatte keine Zeugen. Das Geld wurde ihm per Boten überbracht. Also gab es keine Beweise. Wirklich gut geplant, das musste er zugeben.

Aber jetzt war es ohnehin schon zu spät und er musste geordnet aus der misslichen Lage herauskommen. Also überlegen.

14. Mai  Triest

am späten Nachmittag

Nachdem die Einvernahme von Anton Lechner beendet war, beschloss Maresciallo Scoppa, das Protokoll gleich zu schreiben. Er wusste, dass sowohl der Capitano als auch die Guardia di Finanza auf den Bericht warteten und außerdem wollte er noch vor dem Wochenende die Papierarbeit erledigen und sich ganz seiner Freundin widmen.

Auf seinem Schreibtisch lag ein kleiner Umschlag, aber er wollte sich erst später mit dem Inhalt beschäftigen.

Von Lechner war nicht viel zu erfahren. Er berief sich darauf, dass er in eine Sache hinein gezogen worden war, von der er keine Einzelheiten wusste. Scoppa hatte keine Druckmittel, um Lechner zu einer Aussage zu bewegen, weil ja nicht einmal die Tasche als Beweismittel vorhanden war.

Lechner saß noch immer in einem Raum neben dem Büro von Scoppa. In diesem Raum gab es nur einen Tisch und zwei unbequeme Sessel, keine Fenster. Auf dem Tisch lag umgekippt ein leerer Plastikbecher. Sonst nichts. Die Einvernahme war zwar zu Ende, aber Scoppa ließ Lechner noch warten, weil er für das Protokoll noch irgendeine Idee brauchte. Scoppa musste seinen Kopf aus der Schlinge ziehen, so wie die Dinge jetzt standen, war das Protokoll für seine Beförderung nicht besonders förderlich.

Gerade als er verzweifelt nach einer Lösung suchte, läutete das Telefon.
„Ja, Maresciallo Scoppa."
„Guten Abend, Maresciallo. Mein Name ist d'Angelo. Maurizio d'Angelo. Ich bin Fotograf und war heute Nachmittag in der Via di Cavana. Es hat ziemlich lange gedauert, bis ich Sie gefunden habe. Ich wurde immer wieder weiter verbunden."
„Worum geht es, d'Angelo? Kommen Sie bitte zur Sache."
„Also wie gesagt, ich war heute zufällig in der Via di Cavana, als Sie mit zwei Ihrer Kollegen vor diesem Lokal waren. Ich hatte etwas Zeit und habe Sie ein wenig beobachtet. Ich habe auch gesehen, wie ein Mann aus dem Lokal ging und den Eindruck machte, als wollte er sich unauffällig aus dem Staub machen. Glauben Sie mir, ich habe ein aufmerksames Auge, dieser Mann verhielt sich irgendwie verdächtig. Kurz und gut, als ich sah, dass Sie vor dem Restaurant mit einer Person beschäftigt waren, dachte ich mir, ich gehe unauffällig dem Mann nach, der mir so verdächtig erschienen ist. Er ging durch die Via Annunziata und erreichte dann auch gleich seinen Wagen, stieg ein und fuhr nicht besonders eilig davon. Ich hatte ganz entgegen meiner sonstigen Gewohnheit nur eine Polaroidkamera bei mir, Sie wissen, das sind diese Sofortbildkameras. Ich habe dann schnell zwei Bilder machen können, auf einem sehen Sie auch das Kennzeichen des Wagens."
Scoppa war neugierig geworden, das könnte tatsächlich ein wertvoller Hinweis sein.
„Und wo sind die Bilder?"
„Die habe ich Ihnen vorbeigebracht, und man hat mir versprochen, dass sie sofort auf Ihren Schreibtisch gelegt werden. Haben Sie die Bilder bekommen, Maresciallo?"

Scoppa hatte keine Bilder bekommen, aber jetzt erinnerte er sich wieder an den Umschlag auf seinem Tisch.
„Warten Sie, ich lege das Telefon kurz zur Seite."
Nachdem er die zwei Bilder aus dem Umschlag geholt hatte, griff er wieder zum Telefon. Auf den Bildern war tatsächlich ein Mann zu sehen und auf einem der zwei Bilder war auch das Kennzeichen des Wagens bis auf die letzten zwei Zahlen klar zu erkennen. Sollte das tatsächlich der Mann sein, gegen den die Untersuchungen der Guardia liefen?
„D'Angelo. Sind Sie noch dran?"
„Natürlich, Maresciallo. Haben Sie die Bilder?"
„Ja, danke. Ich habe sie bekommen. Danke für Ihre Mithilfe. Wir werden sehen, ob der Mann auf den Bildern tatsächlich etwas mit dem Vorfall zu tun hat oder ob er bloß ein harmloser Unbeteiligter ist. Guten Abend, d'Angelo. Und nochmals vielen Dank."
„Übrigens Maresciallo, wie sieht es mit einer Belohnung aus? Die Bilder sind doch sehr hilfreich, nicht wahr?"
„Wenn sie zur Aufklärung beitragen, dann vielleicht. Ich schreibe mir Ihre Nummer auf und melde mich gelegentlich bei Ihnen."
„Einverstanden. Guten Abend, Maresciallo. Viel Glück bei Ihren Nachforschungen", sagte d'Angelo. Er hatte dem Maresciallo gerade eine frei erfundene Telefonnummer durchgegeben, denn die Sache wurde ihm jetzt zu mühsam. Wenn er eine schnelle Belohnung bekommen hätte, dann wäre das in Ordnung gewesen. Dann hätte er zweimal mit seinen Bildern verdienen können. Aber so? Viel zu umständlich.
Scoppa dachte angestrengt darüber nach, wie er wohl diese zusätzliche Information für sich am besten nutzen konnte. Im

Nebenzimmer saß noch Lechner und er wollte nun endlich diesen Fall abschließen. Wenn er jetzt Nachforschungen über diesen Pkw und das Kennzeichen begann, dann würde es wohl die halbe Nacht dauern, bis er ein Ergebnis bekommen würde. Wenn es tatsächlich dieser Minotti sein sollte, der auf den Bildern zu erkennen war, würde das bedeuten, dass mit hoher Wahrscheinlichkeit tatsächlich eine Geldübergabe stattgefunden hatte. Scoppa hatte aber nichts in der Hand. Und Lechner würde auch keine Hilfe sein. Also musste er eine andere Lösung finden. Er überlegte. Wenn er den Einsatz so darstellen könnte, dass gar keine Geldübergabe stattgefunden hatte und sich die Guardia di Finanza geirrt hatte, dann wäre der Einsatz auch kein Misserfolg. Und er könnte ein mögliches Fiasko verhindern.
Aber was machte er mit Lechner? Nach kurzem Nachdenken hatte er auch dafür die Lösung. Er ging in das Nebenzimmer.
„Hören Sie zu, Lechner. Ich bin müde und Sie sind müde. Ich mache Ihnen ein Angebot. Sie wissen, dass ich nichts gegen Sie in der Hand habe und Sie wissen, dass ich Sie ohne Begründung, nur auf Grund eines Verdachtes, das ganze Wochenende hier behalten kann. Das ist kein Vergnügen, das kann ich Ihnen sagen. Also schlage ich Ihnen etwas vor: Wir lassen die Untersuchungen gegen Sie fallen und vereinbaren, dass es gar keine Geldübergabe gegeben hat. Sie waren ein Passant, der zufällig in dem Lokal war, sonst nichts. Wenn Sie schweigen, dann lasse ich Sie jetzt frei und Sie können die Questura verlassen. Wir vereinbaren Stillschweigen über das, was wir wissen, und Sie können gehen."
Lechner war überrascht, wie ein Maresciallo so eine Vereinbarung mit ihm treffen konnte. Aber ihm sollte es recht sein, er wollte ohnehin nur weg.

„Einverstanden, Maresciallo. Ich weiß nichts von einer Geldübergabe. Ich war nur zum Vergnügen in Triest."
„Gut. Sie können jetzt gehen."
Lechner verließ eilig die Questura, bevor es sich der Maresciallo vielleicht doch noch anders überlegen würde. Er war froh, die ganze Sache heil überstanden zu haben und dachte: Einmal und nie wieder. Mit so etwas wollte er nie wieder zu tun haben. Die Aussicht auf ein Wochenende in einer Zelle der Questura von Triest gab ihm zu denken. Wie hatte er sich zu so einer Sache überreden lassen können? Hauptsache, es war überstanden.
Scoppa saß an seinem Schreibtisch und begann das Protokoll zu schreiben.

Aufgrund eines Hinweises der Guardia di Finanza fand heute um 15:00 Uhr ein geheimer Einsatz unter meiner Leitung in der Via di Cavana statt. Der Verdächtige Salvatore Minotti sollte nach Angaben der Guardia für diesen Tag eine Geldübergabe in der Trattoria due Fratelli geplant haben. Es bestand der dringende Verdacht, dass ein hoher Geldbetrag in das benachbarte Ausland verschoben werden sollte. Die Einzelheiten dieser Transaktion wurden der Questura mittels Fax mitgeteilt.
Der Einsatz wurde unter Einbeziehung von zwei erfahrenen Carabinieri sorgfältig vorbereitet.
Um keinen Verdacht zu erwecken, befand ich mich bereits vor dem vereinbarten Zeitpunkt am mutmaßlichen Tatort und konnte daher das Geschehen aus nächster Nähe verfolgen.
Die zu diesem Einsatz abkommandierten Carabinieri hielten außerhalb des Schauplatzes Wache und blieben unauffällig im Hintergrund.
Wie auch sonst um diese Zeit befanden sich in der Trattoria

due Fratelli nur wenige Gäste und alles lief seinen gewohnten Weg.
Da ich, als Einsatzleiter, einige Minuten nach der angekündigten Tatzeit keinerlei auffällige Personen erkennen konnte, nahm ich über mein im linken Ärmel verstecktes Funkgerät unauffällig Kontakt zu den auf der Straße postierten Carabinieri auf und erhielt von ihnen die Auskunft, dass auch außerhalb des Lokals nichts Verdächtiges zu erkennen war.
Eine Gruppe japanischer Touristen ging auf der Straße Richtung Centro und beanspruchte kurzzeitig unsere erhöhte Aufmerksamkeit, da wir als erfahrene und geschulte Beamte hinter jeder überraschenden Situation eine verdächtige Handlung vermuten mussten. Doch die Gruppe verschwand kurz danach aus unserem Blickwinkel, wie mir die Carabinieri per Funk mitgeteilt hatten.
Ich beschloss noch einige Minuten abzuwarten und gab den Carabinieri die Anweisung einige Schritte auf und ab zu gehen, ohne ihren angewiesenen Platz zu weit zu verlassen, gleichzeitig aber die Via di Cavana in beiden Richtungen weiter aufmerksam zu beobachten.
Als nach weiteren zehn Minuten keinerlei Auffälligkeit zu beobachten war, beschloss ich um 15:12 den Einsatz abzubrechen und in die Questura zurückzukehren.
Zu der von der Guardia di Finanza angegebenen Zeit bis zum Ende des Einsatzes um 15:12 befanden sich weder Salvatore Minotti noch andere Beteiligte an dem angegebenen Ort. Eine angehaltene Person erwies sich nach einer ausführlichen Befragung als zufällig anwesender Tourist aus dem benachbarten Ausland, der den Tag in Triest verbringen wollte.
Es gab keinerlei Hinweise auf eine kriminelle Transaktion, sowohl die Gäste der Trattoria due Fratelli als auch die in dieser Zeit anwesenden Passanten auf der Via di Cavana gaben

keinerlei Anlass zur Annahme, dass etwas Außergewöhnliches geplant gewesen wäre.
Da der mutmaßliche Schauplatz keine weitere Amtshandlung erforderte, wurde der Einsatz beendet.
gez
Maresciallo Scoppa
eh.

Damit war die Sache erledigt, das Protokoll ging an Capitano Mantovani sowie an die Guardia, und Scoppa konnte endlich die Tür seines Büros hinter sich schließen. Er nahm sich vor, mit den zwei Carabinieri gelegentlich ein Bier zu trinken, um sich zu vergewissern, dass ihre Sicht auf den Einsatz sich mit seiner decken würde.
Er wollte noch einen kleinen Spaziergang machen und ging hinunter zum Hafen. Eigentlich war er stolz auf sich, wie er das Problem des missglückten Einsatzes gelöst hatte.
Nachdem er weit genug von der Questura entfernt war, nahm er die zwei Bilder des Fotografen aus der Brusttasche. Er wusste, dass es von Polaroidaufnahmen keine Negative gab und das Risiko, dass der Fotograf noch weitere Bilder gemacht hatte, schien ihm niedrig zu sein. Warum sollte der Fotograf sie zurückhalten? Es fiel ihm kein Grund dafür ein. Das Problem konnte er also vernachlässigen. Also griff er nach seinem Feuerzeug, hielt es an eine Seite des Bildes und beobachtete, wie sich die kleine blaue Flamme langsam ausbreitete. Als das Bild weit genug Feuer gefangen hatte, ließ er der Rest des mittlerweile unkenntlich gewordenen Beweismaterials langsam ins Meer gleiten. Nachdem er sich davon überzeugt hatte, dass die Wellen alle Spuren fortgetragen hatten, wiederholte er das gleiche mit dem zweiten Bild und als auch diese Spur endgültig

verwischt war, blieb er noch einige Minuten am Hafen stehen und beobachtete die Touristen, die vor dem Abendessen noch einen kleinen Umweg über den Hafen machten. Die langsam untergehende Sonne erinnerte ihn daran, dass er heute noch eine Verabredung hatte. Er wollte Chiara am Abend von der neuen Wohnung erzählen und mit ihr einen kleinen Spaziergang dorthin machen. Scoppa hatte die Zusage des Vermieters bis Ende der kommenden Woche, und deshalb wollte er die Entscheidung vielleicht schon heute Abend treffen. Für den Montag hatte er eine Verabredung mit dem Capitano vereinbart, um zu erfahren, wie es mit seiner Beförderung aussah.
Der Capitano hatte immer wieder zu ihm gesagt: „Sehen Sie in mir einen Freund." Was immer das auch bedeutete. Luigi Scoppa war klug. Und schlau. Er stammte ursprünglich aus Sassari, aber die Möglichkeiten auf Sardinien Karriere zu machen, waren beschränkt. Als der Posten eines Maresciallo in Triest ausgeschrieben worden war, hatte er beschlossen, sich dorthin versetzen zu lassen. Er war damals Unteroffizier m. P., mit Portepee also. Er trug seinen Degen mit der Schlaufe gerne, mit einem gewissen Stolz. Es hatte etwas sehr Elegantes an sich. Ein Sarde in Triest. Um diesen Dienstgrad zu erreichen, waren eine umfangreiche Ausbildung und viele Prüfungen notwendig. Hin und wieder überlegte er, die Offizierslaufbahn einzuschlagen, aber zuerst wollte er die Beförderung zum Maresciallo Capo abwarten. Danach würde er weitersehen.
Aber Scoppa war auch klar, dass er für die Beförderung den Capitano brauchte. Und das wusste auch der Capitano. Hin und wieder sprachen sie über die gelegentlichen, kleinen Aufträge, die der Capitano anscheinend gerne hatte, aber Scoppa gelang es, sich herauszuhalten. Es wäre zwar für seine Karriere hilf-

reich gewesen, hin und wieder gemeinsam mit dem Capitano ein kleines Geschäft zu machen, aber es war ihm ganz einfach zuwider. Wäre es wert, sich darauf einzulassen, nur wegen der Beförderung? Noch nicht, überlegte Scoppa. Vielleicht würde es auch auf ehrliche Weise gehen.
Sehen Sie in mir einen Freund.
Also beweise mir, dass du mein Freund bist, Capitano Mantovani, dachte Scoppa. Dann können wir ja weitersehen.

Capitano Mantovani war nicht besonders gut auf die Guardia di Finanza zu sprechen. Zu oft hatte es Einsätze auf deren Anweisung gegeben, die sich dann als völlig nutzlos herausgestellt hatten. Was den Capitano besonders störte, war die Tatsache, dass seine Ressourcen dadurch blockiert wurden und er daher seine Beamten für weit wichtigere Aufgaben nicht einsetzen konnte.
Auf seinen regelmäßigen Rundgängen durch die Stadt wurde er immer wieder angesprochen, ob es nicht eine kleine Ausnahme geben könnte, eine kleine Gefälligkeit also, die nicht unbedingt zur normalen Aufgabe eines Carabiniere gehörte. Er sah es fast als seine Pflicht an, der Bevölkerung zu helfen, wo er konnte, aber natürlich nur ausgewählten Personen, er hatte ja nur beschränkte Ressourcen für solche Aufgaben. Als ihn unlängst der Inhaber einer gut besuchten Bar in der Innenstadt fragte, ob es nicht möglich wäre, einen Carabiniere in der Nähe der Bar zu postieren, konnte der Capitano schwer ablehnen. Der Inhaber der Bar hatte immer wieder Gäste, die er eigentlich in seinem Lokal nicht haben wollte und er spürte, dass es dem Geschäft schadete. Er wollte durch die Anwesenheit des Carabiniere sei-

nen Besuchern ein Gefühl der Sicherheit vermitteln, und so brachte diese kleine Gefälligkeit dem Capitano jeden Abend einen Aperitif auf Kosten des Hauses ein. Manchmal auch einen zweiten Aperitif, wenn er in Begleitung unterwegs war. Capitano Mantovani hatte aber auch noch andere, wichtige Aufträge zu erledigen wie etwa die Begleitung des Wagens eines befreundeten Schuhhändlers mit einem motorisierten Carabiniere, wenn es sein musste, auch mit Blaulicht. Der Kaufmann hatte den Capitano um diese Gefälligkeit ersucht, weil er am Abend nicht im dichten Verkehr zu lange zu seiner Villa in einem Vorort von Triest unterwegs sein wollte. Dies brachte nicht nur dem Capitano, sondern auch seiner Frau gelegentlich ein Paar dieser modischen Schuhe ein, was wiederum sein Haushaltsbudget nicht unwesentlich entlastete.
Doch stattdessen musste er sich mit Steuerflüchtigen auseinandersetzen, die von der Guardia di Finanza verfolgt wurden.
Diesmal hatte er jedoch vor, mit dem Questore ein ernstes Gespräch zu führen. Er wollte mit dem Protokoll des letzten Einsatzes des Maresciallo Scoppa in der Hand mit dem Questore über eine Aufstockung des Personals sprechen. Dies würde ihm die Erledigung weiterer kleinerer Spezialaufträge ermöglichen und außerdem hätte er dann auch die Begründung für eine Beförderung des stets treuen Luigi Scoppa.
Die Erhöhung der Zahl der Beamten würde auch die Position eines Maresciallo Capo erfordern. Aber eigentlich könnte er die Beförderung schon jetzt in die Wege leiten. Damit würde er sich die Loyalität von Scoppa sichern.
Er saß an seinem Schreibtisch und war gerade dabei einen Plan zu schmieden, wie er am besten den Questore überzeugen konnte, als das Telefon läutete.

„Capitano Mantovani? Der Questore möchte Sie sprechen, ich verbinde."
Nach etwa zwanzig Sekunden war der Questore in der Leitung.
„Capitano Mantovani, wie laufen die Ermittlungen für die Guardia?"
Er war über diese Frage etwas verwundert, weil sich der Questore gewöhnlich nicht so sehr über die alltäglichen Einsätze erkundigt hatte. Es war jedoch eine gute Gelegenheit seinen Plan über die Aufstockung der Beamten unterzubringen, gleichzeitig war er sich aber nicht sicher, ob das Interesse des Questore über den Stand der Ermittlungen wirklich der Grund seines Anrufes war. Dennoch, Mantovani konnte seine Argumente gut unterbringen und der Questore schien ein gewisses Verständnis für die gewünschte Personalaufstockung zu haben. Er versprach ihm, die Sache zu prüfen. Natürlich müsse man die Kosten und die Budgets immer im Auge haben, aber vielleicht ließe sich ja etwas machen, mit Umschichtungen, oder sonst wie.
Der Capitano wies noch auf die Dringlichkeit hin und der Questore versprach ihm innerhalb von vier Wochen auf die Sache zurück zu kommen. Doch das war nicht alles.
„Capitano Mantovani, da ist noch etwas. Sie wissen, ich habe einen guten Freund im Yachting Club, den Professore Montana, ein wichtiger Mann mit sehr guten Verbindungen. Und eben dieser Montana hat eine Tochter, übrigens wirklich bezaubernd. Montana hat mir erzählt, dass sich seine Tochter Chiara in einen Maresciallo verliebt hat und dass es eine ernste Sache zu sein scheint. Ein gewisser Scoppa. Haben wir den hier bei uns?"
Capitano Mantovani war etwas überrascht, dass der Questore nicht einmal die Namen seiner Beamten kannte, so groß war die Questura ja schließlich auch nicht.

„Ja natürlich, Questore. Scoppa ist einer meiner besten Männer, wenn nicht der Beste. Zuverlässig und loyal in allem, was er tut. Ich wollte ohnehin gelegentlich mit Ihnen über Scoppa sprechen."

„Können wir gerne machen, Capitano Mantovani. Gelegentlich. Aber was ich eigentlich mit Ihnen besprechen wollte, können wir ihn nicht befördern? Wenn einer unserer Beamten mit der Tochter des Professor Montana liiert ist, dann sollte er doch wenigstens Maresciallo Capo sein, oder was meinen Sie, Capitano Mantovani?"

Das war also der Grund des Anrufs, aber für den Capitano kam die Sache sehr gelegen. Nahezu perfekt.

„Questore, ich finde Ihre Idee ausgesprochen gut, wenn Sie mir erlauben, es so zu formulieren. Wenn Scoppa erfährt, dass Sie ihn persönlich für diese Beförderung vorschlagen, haben Sie auf lange Zeit einen treuen und hochmotivierten Beamten in Ihrer Questura."

„Ich freue mich über Ihre Zustimmung, Capitano Mantovani. Sie müssen wissen, dass mir unsere Beamten sehr am Herz liegen und ich die Karriere jedes einzelnen sehr genau verfolge. Ich sehe das als eine meiner wichtigsten Aufgaben, immer nahe bei der Mannschaft, immer im Bild sein, immer gut informiert sein. Über jeden einzelnen."

Das kenne ich, dachte Capitano Mantovani, und sagte:

„Ganz Ihrer Meinung, Questore, deshalb haben Sie so viel Erfolg und so hohe Aufklärungsraten."

Der Capitano überlegte, ob er noch etwas von *beliebt* oder *angesehen* sagen sollte, dachte aber, dies sei vielleicht übertrieben.

Als das Gespräch beendet war, lehnte sich der Capitano zurück und freute sich für Scoppa. Natürlich würde er die Beförderung gegenüber Scoppa als sein Verdienst darstellen und so seine Dankbarkeit sicherstellen.
Auf diese Weise könnte der Capitano Schritt für Schritt Scoppa in seine kleinen Nebentätigkeiten einweihen und als Verbündeten aufbauen. Er selbst wollte sich ohnehin nur mehr um die wichtigeren Geschäfte kümmern. Scoppa war zwar noch nicht so weit, aber das würde sich mit der Beförderung schon ändern, war sich der Capitano sicher. Warum hatte der Questore übrigens nicht ihn für eine Beförderung vorgeschlagen? Na gut, er war erst vor einem Jahr zum Capitano ernannt worden. Aber zumindest hatte er jetzt den Questore als Verbündeten, sie hatten ein gemeinsames Geheimnis, zwar ein kleines, aber auch das würde sie verbinden. Eine Hand wäscht und so weiter. Vielleicht würde er ja einmal diesen Professor Montana kennenlernen und ihm kleine Gefälligkeiten anbieten können. Man weiß ja nie, wofür einmal ein Chirurg gut sein kann.
Und Schuhe hatte er jetzt schon genug für die nächsten zwanzig Jahre.

14. Mai 

am späten Nachmittag, Abend

Als Lechner keine zwei Stunden später wieder in seiner Bankfiliale eintraf, wurde er von seinen Mitarbeitern bereits ungeduldig erwartet. So ein großes Geschäft, wie Lechner angedeutet hatte, gab es in der kleinen Bank nicht oft.
„Wie ist es gelaufen, Herr Lechner?“
„Ausgezeichnet, war ein hochinteressanter und besonders erfolgreicher Tag.“
Was blieb ihm anderes übrig, als den Schein zu wahren. Als Leiter der Bank konnte er keinen Misserfolg haben. Die Motivation seiner Mitarbeiter war das Wichtigste. Er setzte fort:
„Ich habe den Kunden getroffen und wir haben ausführlich miteinander gesprochen. Er muss noch überlegen, muss noch einiges klären. Er wird sich melden. War wirklich erfolgreich. Das wird was. Kein Zweifel.“
Lechner beobachtete die zufriedenen Gesichter seiner Mitarbeiter, seine Hose war an diesem Tag noch etwas glänzender geworden, doch seinen Mitarbeitern fiel das nicht auf, oder zumindest taten sie so. Aber für Lechner war das nicht so wichtig.

Als Konzett und Contarini weitere drei Stunden später die Wiener Niederlassung der Inter-Finanza erreichten, waren nur noch wenige Mitarbeiter in der Bank. Die Vorgangsweise in so

einer Situation war in der Bank klar geregelt, sie mussten die Tasche noch am selben Tag im Tresor der Bank unterbringen. Es war auch notwendig, ein ausführliches Protokoll zu erstellen, mit allen Einzelheiten, die für mögliche spätere Nachfragen der Aufsichtsbehörden erforderlich sein könnten.
Um alles noch am selben Tag erledigen zu können, hatten sie schon telefonisch den Risk-Manager sowie den Leiter der internen Revision informiert und noch für den Abend ein Treffen in der Bank vereinbart. Die Herren waren zwar nicht begeistert über den späten Termin, aber manche Dinge ließen sich eben nicht aufschieben. Also warteten sie geduldig auf das Eintreffen von Konzett und Contarini.
Um etwa 21:20 war es dann soweit. Im Besprechungszimmer der Bank wurde der Inhalt der Tasche untersucht, und es war tatsächlich außer dem versprochenen Geldbetrag nichts drin. In einem Seitenfach fand Contarini das Buch. Auf der zweiten Seite waren zwei Buchstaben zu lesen, S. M. also Salvatore Minotti. Contarini musste lächeln, das hätte er nicht erwartet. Er nahm das Buch mit und wollte es Minotti bei Gelegenheit zurückgeben. Mit dem Protokoll hatte das ohnehin nichts zu tun. Das Geld wurde in aller Anwesenheit gezählt, danach wurde die Tasche mit dem Inhalt im Tresor der Bank verstaut. Die Uhrzeit wurde notiert, das Protokoll erstellt und von den vier Anwesenden unterschrieben. Damit waren die erforderlichen Formalitäten erledigt, und die vier verließen kurz danach die Bank. Es wurde ein Treffen für den kommenden Tag um acht Uhr vereinbart, um die weiteren Schritte zu besprechen. Das Geld war in Sicherheit.

14. Mai  Wien

am späten Abend

Contarini hatte nun Zeit, seine Mailbox abzuhören. Neben drei unwesentlichen Anrufen hatte auch Donatella angerufen und um Rückruf gebeten.

„Donatella, hier ist Flavio. Kannst du sprechen?"

„Ja, jetzt geht es gut, er ist nicht hier, bis morgen im Ausland. Wo warst du?"

„Hatte einen Termin mit einem Kunden in Triest. Das Übliche. War aber ein schöner Tag, bin gern in Triest. Glaubst du, wir schaffen es einmal zu zweit, einige Tage nach Triest?"

„Würde ich gerne. Wäre gerne einige Tage nur mit dir. Ganz egal wo, aber am liebsten in Italien."

„Lass mich nur eine größere Sache erledigen und dann machen wir einen Plan. Einverstanden?"

„Ich habe immer gerne einen Plan mit dir. Ich kann es immer noch nicht glauben, dass wir uns vor fünf Monaten über den Weg gelaufen sind", sagte Donatella mit einer ganz weichen Stimme.

„Hast du heute noch Zeit?"

„Ich kann nicht weg, er ruft meistens am Abend noch an."

„Dann komm ich zu dir."

„Flavio, ich möchte meine beiden Welten nicht vermischen. Hier ist hier und du bist du. Außerdem ist es schon spät und du hast eine lange Reise gehabt. Ich rufe dich morgen an."

„Gut, aber bitte erst nach zehn. Gute Nacht."
„Gute Nacht. Schreib mir noch, wenn du schlafen gehst."
„Mach ich."
Flavio hörte gerne die Stimme von Donatella. Bei dem Gedanken an Donatella hatte er ein warmes Gefühl, das er bisher nicht kannte. Mit seinen 32 Jahren war er noch Junggeselle und es war ihm auch angenehm so. Er war ohnehin viel im Ausland unterwegs, und eine Familie hätte jetzt nicht gut gepasst. Wechselnde Freundinnen hatte er schon, aber es war ihm wichtig, dass daraus nie eine ernste Sache wurde. Er wollte seine Unabhängigkeit behalten, es war ihm lieber so. Vielleicht in ein paar Jahren. Dann konnte man sehen. Jetzt war es zu früh. Keine Bindung.
Er ging in seine Wohnung in einem der inneren Bezirke, in der Garage hatte er seinen Stellplatz. Eigentlich war er gar nicht so unglücklich darüber, jetzt allein zu sein. Der Tag hatte es in sich gehabt und er wollte die Ereignisse verarbeiten, Klarheit bekommen, die nächsten Schritte überlegen. Salvatore Minotti würde ihn bestimmt bald anrufen.
Doch seine Gedanken waren bei Donatella. Er hatte sie vor fünf Monaten wieder gesehen, durch Zufall, hatte sie aber sofort erkannt, sie hatte sich kaum verändert, gleiche Frisur, gleiche Figur. Und die Lippen.
Davor hatten sie einander fünfzehn Jahre nicht gesehen. Damals waren sie beide siebzehn gewesen und sehr verliebt, wie man eben mit siebzehn verliebt sein kann, wenn man sehr in der Gegenwart lebt und noch keine Pläne für die Zukunft macht. Sie waren ein Jahr zusammen und dann waren es doch die Pläne für die Zukunft, die sie auseinander brachten. Flavio war damals glücklich mit der Welt, wie sie war, Donatella

dachte aber schon voraus und konnte Flavio mit ihren Gedanken nicht erreichen. So ging damals ein glückliches, junges Jahr zu Ende, und es vergingen fünfzehn Jahre, bis sie einander wiedersahen. In der Zwischenzeit hatte Donatella geheiratet, keine Kinder, die Ehe ruhig, einige Gemeinsamkeiten, kein Streit, keine Forderungen, man konnte sich noch in die Augen sehen. Donatella vermisste etwas, wusste aber nicht was. Wahrscheinlich ging es ihrem Mann auch so. Er sagte nichts. Oder wenig. War nicht unzufrieden. Sie auch nicht. Es ging so weiter. Es war irgendwie gerade noch in Ordnung.
Bis sie Flavio wiedersah. Es kam ihr so vor, als ob die vergangenen fünfzehn Jahre nur eine kleine Episode gewesen wären, Flavio hatte noch immer diesen Blick, diese Bewegungen, diesen Geruch. Sie war verwirrt, wusste nicht damit umzugehen, wollte sich aber gerne auf dieses Gefühl einlassen. Und es war schön so. Sie war offen für die Dinge, die nun passieren konnten, wollte das Gefühl dieser überraschenden Begegnung nicht missen. Wie oft erlebt man schon so etwas. Sie wusste, dass sie Flavio nicht ganz haben konnte. Erstens war sie verheiratet und wollte die Verbindung nicht aufs Spiel setzen, und zweitens wusste sie nicht, ob Flavio für eine dauerhafte Beziehung bereit war. Aus den Gesprächen in den vergangenen fünf Monaten wurde sie nicht klug, Flavio hatte zu viele Bemerkungen über sein angenehmes Leben gemacht. Sie spürte eine starke Anziehung, wie mit siebzehn, aber diesmal stärker, intensiver, mit mehr Leidenschaft, und es ging immer von beiden aus. War Flavio der Mann, mit dem sie alt werden wollte?
Sie spürte ihr Herz schneller schlagen, wollte schlafen. Und träumen.

14. Mai Wien

noch später

Die Abendnachrichten brachten erneut Meldungen über die schwierige, und wie viele meinten, auch ausweglose Situation in Griechenland. Als Folge der angekündigten Sparmaßnahmen der Regierung fanden überall im Land Streiks und Demonstrationen statt, die Bevölkerung und insbesondere die Staatsbediensteten wollten die notwendigen Einschnitte nicht akzeptieren. Die Regierung in Athen hatte jedoch keine andere Wahl. Als wenn dies nicht ohnehin schon bedrohlich genug gewesen wäre, häuften sich die Nachrichten über mögliche Schwierigkeiten anderer Länder in Südeuropa, die Stimmung an den Börsen erreichte einen neuen Tiefpunkt.
Hin und wieder gab es Meldungen über den Suizid von Bankern oder Anlageberatern, die entweder selbst viel Geld verloren hatten oder von betrogenen und in die Irre geführten Anlegern bedroht wurden. Manche Investmentgurus wurden verhaftet, einige gingen ins Ausland, um dort ihre Beratungstätigkeit nach dem gleichen Schema weiter zu führen, mit neuen Anlegern, aber mit den alten Versprechungen.
Die griechischen Staatsanleihen hatten nach einer kurzen Erholung wieder deutlich an Wert verloren, die Aussagen der Politiker waren eine Sache, die Meinung der Anleger war eine andere.
Guido Konzett saß in seinem Hotelzimmer und verfolgte auf

seinem Laptop die neuesten Bewertungen seiner Wertpapiere. Er erkannte, dass die aufgelaufenen Verluste nun an die Substanz der Inter-Finanza in Lugano gingen. Er musste handeln. Konzett stand nun trotz seiner offensiven und offenen Art, die Dinge anzugehen und auch mit seiner Einstellung, um jeden Preis Gewinne zu machen, vor seiner ersten wirklichen Bewährungsprobe. Wie es jetzt aussah, war der Fortbestand der Niederlassung der Inter-Finanza in Lugano gefährdet, der Niederlassung, die er aufgebaut hatte und leitete.
Innerhalb weniger Jahre hatte er aus einer kleinen Filiale eine sehr profitable Bank gemacht, die Anzahl der Mitarbeiter war stark angestiegen, die Anerkennung der Zentrale war ihm sicher. Das hatte sich auch finanziell für ihn ausgesprochen gut ausgewirkt, es konnte also ruhig so weitergehen.
Aber jetzt stand er vor einem Problem. Die Sitzung des Verwaltungsrates sollte bald stattfinden, bis dahin musste er eine Lösung haben.
Er griff zum Telefon und erreichte sofort seinen Freund.
„Flavio. Ich brauche deine Hilfe. Ich habe starke Verluste auf einer Wertpapierposition, die Wirtschaftsprüfer lassen nicht locker, entweder ich verkaufe die Position, dann habe ich die Verluste realisiert und mein Ergebnis ist dahin, wie auch wahrscheinlich mein Job. Oder ich verkaufe die Position an einen Kunden, zu einem erhöhten Preis, ich finde schon eine Börse an der sich die Kurse der Wertpapiere in den letzten Wochen nicht bewegt haben. Ich brauche einen Kunden, der sich nicht besonders gut auskennt und natürlich auch nicht laufend auf seine Wertpapiere schaut. Die Anleihen werden sich schon wieder erholen und dann ist jeder zufrieden. Und ich bin mein Problem los. Mir fällt nur einer ein, dein neuer Kunde mit dem

Bargeld. Der wird ohnehin glücklich sein, wenn er sein Geld in Sicherheit weiß."
„Ich versteh dich. Habe auch kein Problem damit, dir das Geld zu überlassen. Du kannst dich ja später einmal revanchieren. Es gibt nur ein Problem: Minotti hat sich noch nicht gemeldet und ich kann ihn an seinem Telefon nicht erreichen. Werde sehen, was ich für dich tun kann. Ich habe morgen einen Termin mit meinen Leuten in der Bank und wir werden darüber reden, wie wir weiter tun. Ich melde mich morgen bei dir."
„Gut. Danke."

15. Mai  Wien

in der Früh

Am nächsten Tag ging Flavio widerwillig in die Bank. Er wusste, dass ihm einige heikle Fragen bevorstanden. Als er in der Bank eintraf, warteten schon seine Kollegen auf ihn.
„Dr. Contarini. Wir haben Ihre Idee, die Stiftung zu verwenden, mit den Stiftungsräten besprochen, aber die sind leider nicht bereit, eine so hohe Summe in bar anzunehmen. Sie berufen sich auf ihre eigenen Regelungen und lassen nicht mit sich reden. Also bleibt uns nur die Möglichkeit, für diesen Kunden ein neues Konto zu eröffnen, wir kennen ihn ja gut, sehen auch keinerlei Probleme. Sie müssen also Salvatore Minotti persönlich sehen und die erforderlichen Unterlagen beibringen. Dann können wir das Geld auf das Konto einzahlen und die Transaktion ist von unserer Seite abgeschlossen."
„Na gut. Ich werde versuchen, mit Minotti Kontakt aufzunehmen."
„Da ist noch etwas: Nach unseren internen Regelungen, die ja auch den Behörden gegenüber umgesetzt werden müssen, können wir Bargeld eines Kunden nicht länger als drei Tage im Tresor lassen. Ab dann verlangen die Behörden von uns eine Meldung, und das sollten wir vermeiden."
Contarini war diese interne Regelung nicht unbekannt, aber er dachte, es könnte vielleicht auch eine andere Lösung geben, die ihm mehr Zeit gelassen hätte. Doch das hatten schon seine

Kollegen überlegt und keine wirkliche Alternative gefunden. Eigentlich hatte Contarini am nächsten Tag eine Reise nach Kiew geplant, aber jetzt musste er seinem engsten Mitarbeiter den Auftrag geben, die Termine an seiner Stelle wahrzunehmen. Dann überlegte er noch, was in den nächsten Tagen zu tun war, welche Kunden kamen und welche internen Termine angesetzt waren, bei denen er unter allen Umständen dabei sein musste. Zum Glück konnte er einige verschieben, es gab keine Meetings, die unbedingt in den kommenden Tagen stattfinden mussten. Seine Kollegen waren informiert über das, was er gerade vorhatte, in der Bank wusste jeder alles, das hatte in so einer Situation auch seine Vorteile. Auf jeden Fall bekam er Rückendeckung, weil allen klar war, dass es hier um viel Geld ging und die Bank ja schließlich auch davon profitierte. Wenn alles gut ging.

Er brauchte Zeit, um diese Sache zu Ende zu bringen und musste also umgehend ein Treffen mit Savatore Minotti organisieren, egal wo, aber innerhalb von drei Tagen.

Zusätzlich wollte er auch seinem Freund Guido aus seiner misslichen Situation helfen.

Aber davon wussten seine Kollegen nichts.

15. Mai  Wien

am Vormittag

Flavio Contarini hatte also drei Tage Zeit, um ein Konto für Salvatore Minotti zu eröffnen. Minotti hatte sich bis jetzt nicht gemeldet und Contarini spürte, dass die Zeit knapp werden würde. Minotti hatte unlängst erwähnt, dass er nach der Übergabe in Triest eine Reise in die USA vorhatte, und Contarini wusste nicht, wann Minotti wieder zurück sein wollte. Am Abend hatte er Glück und erreichte Minotti am Telefon in New York.

„Ja?"

„Salvatore, hier spricht Flavio. Sind Sie es?"

„Ja."

„Ich bin froh, dass ich Sie erreiche. Wir müssen noch eine Formalität erledigen und das möglichst bald. Ich möchte am Telefon keine Einzelheiten besprechen, aber es hängt mit unserer gemeinsamen Reise nach Italien vor einigen Tagen zusammen."

„Gut, ich verstehe. Ich muss Ihnen dann auch noch etwas sagen, wenn wir uns sehen. Ich bin übermorgen wieder zurück. Wir können uns dann treffen."

„Das wird knapp. Wo sind Sie übermorgen?"

„Ich fliege zuerst nach Brüssel, um einen Partner zu sehen und von dort nach Venedig."

„Wir haben leider Fristen. Es eilt. Ich komme also nach Brüssel, wir brauchen nur eine halbe Stunde. Höchstens. Geht das?"

„Das sollte gehen. Es ist auch in meinem Interesse, diese Transaktion abzuschließen. Kommen Sie also übermorgen nach Brüssel und rufen Sie mich an, wenn Sie gelandet sind. Dann vereinbaren wir einen Treffpunkt."

„Einverstanden. Bis dann also."

„Bis dann."

16. Mai  Bukarest

Limanu Mircea saß in dem kleinen Büro an seinem Schreibtisch und sah aus dem Fenster auf den Bulevardul Charles de Gaulle. Er hatte bereits zwei Jahre mit nur wenigen Unterbrechungen die zahlreichen Gesetzesverstöße von Adrian Scorpiu verfolgt und immer wieder im *Observator*, einer der angesehenen Tageszeitungen in Bukarest, darüber berichtet. Seinen Vorgesetzten war dies manchmal zu viel, weil Adrian Scorpiu als einer der gefährlichsten und unangenehmsten Geschäftsleute in Bukarest galt und daher persönliche Androhungen und Warnungen nicht auszuschließen waren. Doch die Linie des *Observator* war klar: Keine Einflüsse von außen zulassen, sorgfältig recherchieren und mit der Wahrheit ans Licht. Und zwar schonungslos. Das hielten sie für ihre Aufgabe den Lesern gegenüber.

Mircea war seit einigen Jahren als Journalist für den *Observator* tätig und es gefiel ihm, wie man in der Redaktion mit solchen Leuten umging. Er hatte Rückendeckung, das wusste er, und so konnte er mithilfe eines Netzwerkes an Informanten seiner Tätigkeit nachgehen, die illegalen Geschäfte des Adrian Scorpiu aufzudecken. Er sah es fast schon als Berufung, hatte sich in die Sache verbissen, war schon sehr weit, es gab keinen Weg mehr zurück. Mircea hatte sich das Ziel gesetzt, so viel Information über Scorpiu im *Observator* zu veröffentlichen, dass

die Behörden dadurch gezwungen waren, tätig zu werden und Ermittlungen gegen Scorpiu einzuleiten.
Doch es erwies sich als schwierig, weit schwieriger, als Mircea zunächst annahm. Scorpiu hatte ganz offensichtlich nicht nur in der Politik Freunde, sondern auch bei den Justizbehörden, und so gelang es ihm, alle bisher an die Öffentlichkeit gebrachten Tatsachen rechtzeitig von sich zu weisen und zu erreichen, dass alle Verfahren gegen ihn eingestellt wurden.
Doch Mircea ließ nicht locker. Seit er mit den Meldungen über Scorpiu im *Observator* begonnen hatte, bekam er zunehmend Unterstützung von seinen Lesern. Immer wieder erreichten ihn Anrufe, die ihn darin bestärkten, seine Nachforschungen weiter zu führen.
Bisher ging es ohne persönliche Bedrohungen, obwohl Mircea täglich damit rechnete, eines Abends zwei kräftigen Männern mit dunkler Sonnenbrille gegenüber zu stehen. Doch er würde sich auch davon nicht abhalten lassen.
Nun saß er wieder an seinem Schreibtisch, gerade zurückgekehrt von einer zweitägigen Reise, die dazu diente, den von Scorpiu organisierten Drogengeschäften nachzugehen. Diesmal war Mircea in einem kleinen Dorf in der Nähe von Bukarest gewesen. Dieses Dorf war einer der wichtigsten Umschlagplätze von Scorpiu, wo Drogen verteilt wurden und die Zwischenhändler von dort aus das ganze Land belieferten. Mircea gelang es, mit einigen der kleineren Händler zu sprechen, da er sich als möglicher Abnehmer ausgab und bereit war, einen guten Preis zu zahlen. So gelang es ihm, wieder zu wertvollen Informationen zu kommen, die er nach seiner Rückkehr nach Bukarest sofort verarbeiten würde.
Er wollte gerade mit seinem neuesten Artikel beginnen, be-

schloss aber, vorher noch in seinem Posteingang die neuen Nachrichten zu überfliegen.
In den letzten Tagen war wieder eine Fülle von Mails eingelangt, die er wie immer zuerst nach der möglichen Bedeutung sortierte.
Von allen Nachrichten fiel ihm aber sofort eine auf, bei der der Absender ungewöhnlich war: Ein Kardinal aus dem Vatikan. Er konnte es kaum glauben. War es vielleicht ein Irrläufer? War das wirklich für ihn gedacht?
Er öffnete die Nachricht und las wie immer zuerst die Unterschrift, er wollte gerne wissen, wer ihm gegenüber saß, bildlich gesprochen. Es war ein gewisser Kardinal Montebello. Nie gehört, dachte Mircea und begann zu lesen:

Sehr geehrter Herr Mircea,
Sie werden sich wundern, vom Vatikan eine Nachricht zu erhalten, lieber Freund, Sie erlauben mir doch, Sie so zu nennen, aber, und ich kann Ihnen versichern, auch wenn der Eindruck oft ein anderer ist, auch die Kirche muss sich bisweilen mit scheinbar profanen und weltlichen Dingen auseinandersetzen, insbesondere dann, wenn es um das Wohl der Kirche und das Abwenden eines möglichen Schadens geht, sei er auch noch so unbedeutend, aber oft entwickeln sich aus unbedeutenden Dingen in der Folge Strömungen und Ereignisse, die dann nur mehr schwer in Ordnung zu bringen sind und unseren ganzen Einsatz erfordern, obwohl es eigentlich gar nicht nötig gewesen wäre, hätte man sich nur rechtzeitig damit beschäftigt.

Ein langer Satz, dachte Mircea, aber was wollte der Kardinal eigentlich? Er las weiter.

So erlaube ich mir, mich an Sie zu wenden. In meiner Funktion als interner Koordinator für besonders schwierige und vor allem heikle Untersuchungen bin ich mit einem Dossier befasst, zu dem auch Sie, darf ich es so nennen, eine gewisse Nahebeziehung haben könnten.
Ich möchte Sie nun nicht weiter auf die Folter spannen, aber bevor ich Ihnen die Einzelheiten darlege, erlauben Sie mir, noch darauf hinzuweisen, dass der Inhalt dieses Schreibens und vor allem auch die Tatsache, dass ich mir erlaubt habe, Sie direkt zu kontaktieren, der absoluten und uneingeschränkten Vertraulichkeit unterliegt, wie es unter Ehrenleuten üblich ist, denn nur so können wir gemeinsam ein Ziel verfolgen, von dem Sie nicht unwesentlich profitieren werden und letztendlich als Gewinner hervorgehen werden.
Nach dieser kurzen Einleitung möchte ich nun zum Kern der Sache kommen: Wir hatten vor einigen Jahren über einen unserer Rechtsanwälte Kontakt zu einem Geschäftsmann, der uns immer behilflich gewesen ist, bestimmte Transaktionen durchzuführen, die in der Sache jetzt keine Rolle spielen, aber Sie können sich ja vorstellen, dass auch der Vatikan hin und wieder Transaktionen durchführen muss, die nicht in der Öffentlichkeit bekannt sein dürfen, und wir daher zwischengeschaltete Gesellschaften und Vertrauenspersonen zu diesem Zwecke verwenden.
Ich will offen zu Ihnen sein und erwarte das auch von Ihnen. Sollten Sie diese Nachricht zu anderen Zwecken verwenden wollen, möchte ich Ihnen jetzt schon sagen, dass wir alles leugnen werden, und Sie wissen, die Kirche hat einen langen Atem und einen sehr langen Arm.
Also zurück zum eigentlichen Inhalt.

Jetzt war Mircea schon neugierig geworden, dieser Kardinal Montebello musste wirklich viel Zeit haben, eine so lange Einleitung zu schreiben, oder es war tatsächlich eine heikle Angelegenheit.

Wie ich schon erwähnte, war dieser Geschäftsmann für uns tätig und hatte auch längere Zeit sehr gute Dienste für uns geleistet. Dies änderte sich jedoch vor etwa fünf Monaten, als der besagte Geschäftsmann begann, von uns ungebührlich hohe Provisionen zu verlangen, die vorher keineswegs akkordiert waren. Aufgrund der Vertraulichkeit der Geschäfte blieb uns aber dann nichts anderes übrig, als auf seine Forderungen einzugehen und ihm die hohen Provisionen zu bezahlen. Damit war es aber leider nicht getan, wir wurden immer mehr in Bedrängnis gebracht und eine Auflösung der, nennen wir es Geschäftsbeziehung, war trotz einiger Versuche von meiner Seite nicht möglich. Es entstand eine einseitige Abhängigkeit, ja, auch in der Kirche kann das geschehen.
Um also auf den Punkt zu kommen.

Jetzt war es also soweit, dachte Mircea.

Der Geschäftsmann, um den es sich handelt ist Adrian Scorpiu. Wir beobachten seit einiger Zeit Ihre Berichterstattung und sind verblüfft über Ihre Offenheit und die Art und Weise, wie Sie an die Dinge herangehen. Wir haben sozusagen ein gemeinsames Interesse, scheint mir, und wie ich Ihnen in aller Kürze darlegen konnte, befinden wir uns auf dem gleichen Weg.
Erlauben Sie mir, nun Folgendes zu sagen: Wir haben ein gewisses Interesse daran, dass Adrian Scorpiu, ich möchte

nicht zu direkt erscheinen, aber das Ziel sollte also sein, dass uns dieser Scorpiu nicht mehr lästig sein kann. Wie und was und warum interessiert uns nicht im Detail, wir möchten nur, dass er verschwindet, am liebsten in öffentlichem Gewahrsam, und das lebenslang. Auch wenn solche Leute oft noch aus der Haft versuchen, die Fäden zu ziehen, uns geht es darum, dass er als Person, also, vielleicht kann man es so sagen, nicht mehr vorhanden ist.
Wir sehen Sie als Mitstreiter, sehr geehrter Herr Redakteur, und sind bereit Unterlagen zu liefern, die es Ihnen ohne geringste Schwierigkeiten ermöglichen sollten, Scorpiu ein für alle Mal unschädlich zu machen.
Die Sache eilt, und daher ersuche ich Sie in aller gebotenen Höflichkeit um eine rasche Antwort, ob Sie bereit sind, unser Angebot anzunehmen.
Sollte Ihre Entscheidung positiv ausfallen, lasse ich Ihnen noch heute ein Paket zukommen, dessen Inhalt Sie nach kurzer Durchsicht sicherlich beeindrucken wird und Ihnen für die journalistische Tätigkeit wertvolle Hinweise liefern wird. Um Ihnen die Entscheidung zu erleichtern, habe ich mir erlaubt, diesem Paket noch einen Umschlag hinzu zu fügen, in dem Sie eine kleine Summe, im Rahmen unserer bescheidenen Möglichkeiten, vorfinden werden, sagen wir als Abgeltung für Ihre Mühe.
Ich erwarte Ihre Nachricht alsbald, wenn möglich noch heute, kurz nach Ihrer positiven Antwort wird ein Bote bei Ihnen sein. Wir wissen, dass Sie jetzt in der Redaktion sind, fragen Sie mich bitte nicht nach Einzelheiten, wir haben unsere Augen überall.
Ihr
Montebello

Mircea brauchte einige Minuten, um die Tragweite dieser Nachricht zu erfassen, war aber dann schnell wieder bei der Sache. Natürlich würde er die versprochenen Informationen verwenden. Warum nicht. Es ging um das gemeinsame Ziel, und er würde seine kirchlichen Informanten ohnehin nicht preisgeben. Sollte er seinen Chefredakteur informieren? Mircea beschloss, es zu tun. Doch da war noch dieser Umschlag. Mit dem Chefredakteur teilen? Oder zuerst etwas abzweigen und dann teilen? Oder die Summe verschenken? Wäre edel, keine Frage, Geld der Kirche zu verschenken.
Er könnte ja zuerst die Unterlagen sichten und dann noch immer entscheiden. Er schrieb eine kurze Antwort.

Sehr geehrter Kardinal Montebello,
ich bin in der Tat überrascht über Ihr Angebot, Exzellenz, und ich sehe es als einen Wink des Schicksals im Interesse einer höheren Sache. Ich hätte mir aber bis heute nicht vorstellen können, mit der Kirche in so einer heiklen Angelegenheit zu kooperieren, wenn es auch für einen unabhängigen Journalisten wie mich, der völlige Objektivität als eines seiner wichtigsten Ideale sieht, natürlich verlockend ist.
Kurz und gut, ich nehme Ihr Angebot an und werde die Unterlagen sorgfältig studieren. Gleichzeitig kann ich Ihnen versichern, alles in meiner Macht Stehende zu tun, damit diese Person für den Rest ihres Lebens an einem sicheren Ort, sagen wir, untergebracht wird.
Ihr
Limanu Mircea

So, jetzt blieb nur abzuwarten. Seine Dokumentation über die Drogengeschäfte konnte er ja noch später in einen seiner Artikel einbauen. Viel wichtiger war es jetzt, die Unterlagen von Kardinal Montebello zu sichten, dabei hoffte er, möglichst viel über die Geschäfte der Kirche zu erfahren, auch wenn ihm klar war, dass er diese Informationen nie verwerten würde.
Es vergingen keine dreißig Minuten, da stand ein Bote in der Tür und übergab Mircea wortlos ein Paket. Er musste ihn also erkannt haben, die Kirche war wirklich gut organisiert. So schnell wie er gekommen war, war er auch schon wieder bei der Tür hinaus.
Mircea öffnete vorsichtig das Paket und entnahm zuerst den beiliegenden Umschlag. Er zählte flüchtig nach und beschloss, die Sache mit dem Chefredakteur später zu überlegen.
In dem Paket fanden sich tatsächlich hochinteressante Unterlagen, die Namen der Angehörigen der Kirche waren natürlich unleserlich gemacht, der von Scorpiu zum Glück nicht. Es waren etwa 140 Seiten Kopien von Verträgen, Überweisungen, Bankdaten, teilweise geschwärzt, Provisionsabrechnungen, Spesenabrechnungen, Schmiergeldzahlungen an Private wie auch Politiker in mehreren Ländern, alles im Zusammenhang mit Geldwäsche, das ließ sich nach kurzer Durchsicht jetzt schon sagen. Mircea war klar, dass dies ausreichen sollte, um Scorpiu stark unter Druck zu setzen. Ob es genügen würde, den Wunsch des Kardinals zu erfüllen, war ihm noch nicht ganz klar. Es würde darauf ankommen, wann und wie er diese Informationen in die Öffentlichkeit bringen würde. Nachdem er die Unterlagen geordnet hatte, begann er sie zu lesen und machte sich Notizen zu den wesentlichen Punkten.

17. Mai  Wien-München-Wien

Contarini war an diesem Tag früher als gewohnt am Flughafen, erstens wollte er keinesfalls den Flug versäumen und zweitens hatten die Nachrichten wieder die Meldungen über den Streik der belgischen Fluglotsen gebracht.
Er hatte einen Platz auf der SN 2902 der Brussels Airlines um 09:55 gebucht, aber auch 50 Minuten vor dem Abflug war es noch nicht klar, ob der Streik die Flüge über Belgien unmöglich machen würde. Er war Verspätungen gewohnt, auch die Absage von Flügen hatte er schon erlebt, aber diesmal war er unter Zeitdruck, die Zeit lief ihm davon. Er musste heute die unterschriebenen Dokumente in der Bank haben, um das Bargeld aus dem Tresor auf das Konto einzahlen zu können, bevor die Aufsichtsbehörden informiert werden mussten.
So wie er saßen viele, meist Männer in grauen oder dunkelblauen Anzügen in den Wartehallen, etwas seltener elegante Frauen, entweder die Telefone am Ohr oder mit wichtigen Nachrichten auf ihren mobilen Geräten beschäftigt. Es sah auf jeden Fall alles sehr wichtig aus und man musste den Eindruck gewinnen, dass gerade von der nächsten Reise enorm viel abhängen würde.
Auch das Schalterpersonal konnte keine Auskunft geben, weil mit den Fluglotsen ohne Unterbrechung verhandelt wurde und sich die Situation laufend änderte. Um 10:25 war es klar, dass

es heute Vormittag keine Möglichkeit mehr geben würde, nach Brüssel zu fliegen. Contarini versuchte Minotti zu erreichen, was ihm nach dem vierten Versuch gelang. Anscheinend war das Telefonnetz überlastet. Minotti musste seine Pläne ebenso ändern, weil auch der Flug von Brüssel nach Venedig nicht planmäßig stattfinden würde. Für die nächsten vierundzwanzig Stunden war mit keiner Verbesserung zu rechnen. Sie vereinbarten daher ein Treffen in München, Minotti konnte dies mit einem Leihwagen leicht schaffen und Contarini nahm einen Flug, der in etwas über einer Stunde starten sollte. Contarini hatte dann zwar bis zum Eintreffen von Minotti am späten Nachmittag noch einige freie Zeit in München, aber es war ihm angenehm und wichtig, rechtzeitig dort zu sein. Sie wählten einen Treffpunkt, der für beide gut zu erreichen war. So konnte heute doch noch alles wie geplant erledigt werden, er würde am nächsten Tag die Unterlagen in die Bank bringen, das Datum der Unterschrift war entscheidend.
Da ihm noch etwas Zeit bis zum Abflug blieb, beschloss er Donatella eine kleine Nachricht zu schicken.
„denkandich"
„denkandich"
Als hätte sie mit dem Handy in der Hand auf ihn gewartet, so schnell kam die Antwort.

Nach der Landung in München nahm Contarini ein Taxi und fuhr zunächst in die Innenstadt, zum Marienplatz, in die Buchhandlung Heinrich Hugendubel, nicht weit von der Bayerischen Staatsoper. Er kannte dieses Geschäft seit Jahren und nutzte jeden Aufenthalt in München, um dort im angeschlossenen Antiquariat zu stöbern. Bevor er jedoch in die Buchhandlung ging, setzte er sich in ein Café, das nur ein paar Schritte entfernt lag und bestellte einen Espresso. Er wollte sich einen kurzen Überblick über die Märkte verschaffen, denn gerade in diesen Tagen standen einige wichtige Entscheidungen zur Bewältigung der Schuldenkrise in Griechenland an, und es interessierte ihn natürlich auch die Entwicklung der Wertpapiere seines Freundes Konzett.

Er nahm seinen Laptop aus der Tasche, schaltete ihn ein und war Augenblicke später im Netz. Laut *Financial Times* verhandelten die Regierungen wieder über einen gewaltigen Rettungsschirm für bedürftige Länder und unternahmen nahezu akrobatische Anstrengungen, um alle Interessen der teilnehmenden Nationen unter einen Hut zu bringen. In der Berichterstattung der Medien sprachen manche Kommentatoren über eine Feuerkraft, die ein derartiger Schirm haben sollte, als ob es darum ginge, dem imaginären Feind schon vor dem nächsten Angriff jeden Mut zu nehmen und die Hoffnungslosigkeit eines derartigen Unterfangens klar zu machen.

Ein kurzer Blick auf die Wertpapierkurse genügte, um zu erkennen, dass sich bei den griechischen Staatsanleihen nichts Wesentliches getan hatte.

Das Treffen mit Minotti fand dann, wenn auch mit einiger Verspätung, statt und Contarini konnte nun in allen Einzelheiten erzählen, was nach der Geldübergabe geschehen war – und auch, dass das Geld in Sicherheit war. Minotti war ohne weitere Diskussion bereit, die ihm vorgelegten Dokumente zu unterschreiben. Als sie zum Ende kamen, wurde Minotti etwas nachdenklicher und ernster als zuvor und sagte zu Contarini:

„Flavio, wir kennen einander schon seit Jahren, alles hat immer wunderbar funktioniert, die Zusammenarbeit ist so, wie ich es mir immer vorgestellt habe. Übrigens, wir könnten uns eigentlich duzen. Einverstanden? Und danke für deine Unterstützung in Triest. Ohne dich hätte es nie geklappt. Ich habe noch aus dem Augenwinkel gesehen, wie dieser Lechner mit den Carabinieri diskutiert hat, aber ich wollte weg und habe mich deshalb nicht um die Tasche gekümmert. Ich habe mich auf dich verlassen und es war gut so. Es gibt nur eine Sache, die ich dir sagen muss: Das Geld gehört zum größten Teil nicht mir. Von dem Geld, das du hast, sind nur zwei Millionen von mir. Ich bin von einem Rumänen unter Druck gesetzt worden, ein unangenehmer Mensch, du weißt nie, ob er dir nicht im nächsten Moment seine Schlägertruppe schickt. Sein Name ist Adrian Scorpiu. Er hat mich gezwungen, dieses Geld entgegenzunehmen und über die Grenze zu bringen. Hätte ich es dir vorher gesagt, hätte ich riskiert, dass du ablehnst. So habe ich es in meinem Namen gemacht. Ich hoffe, du nimmst mir das nicht übel. Unlängst wollte ich von ihm wissen, woher er das Geld hat und er hat nur geantwortet: *Don't ask me, otherwise I would kill you.*" Sonst haben wir immer Italienisch gesprochen, er etwas gebrochen, aber es ging ganz gut. Aber wenn es um etwas Wichtiges ging, wechselte er ins Englische, frag mich nicht warum, vielleicht hat er sich dann sicherer gefühlt. Wahrscheinlich habe ich nur fassungslos geschaut, denn er hat dann sofort gesagt *it's just a joke*, und hat gelächelt. Aber dieses Lächeln möchte ich so bald nicht wieder sehen. Ein übler Mensch, du kannst nie abschätzen, woran du bist. Also auf jeden Fall ist mir nichts anderes übrig geblieben, als eine Tasche von ihm zu übernehmen und die ganze Transaktion mit dir zu organisieren. So. Das heißt, ich bitte dich das Geld von meinem Konto auf eines von diesem Rumänen zu überweisen. Er hat mir eine

Kontonummer einer Bank in Liechtenstein gegeben, da ist sie. Ich unterschreibe den Auftrag."

Für Contarini war das jetzt eine komplett neue Situation, damit hatte er nicht gerechnet. Der ganze Aufwand war umsonst. Die Aussicht auf hohe Erträge, die Lösung des Problems von Konzett mit seinen Staatsanleihen, alles dahin.

In solchen Augenblicken, die zum Glück nicht häufig vorkamen, dachte Contarini, ob sich der ganze Aufwand überhaupt auszahlte. Die vielen Extrakilometer, die er gehen musste, um ein vernünftiges Ergebnis für die Inter-Finanza erzielen zu können, die vielen Reisen, die Stunden auf den Flughäfen, das Warten in den Hotellobbies zwischen den Terminen, die sich immer wieder verzögerten, die Kunden, die sich verspäteten, die Vorschläge, die nicht angenommen wurden, die Diskussionen, wenn einmal etwas nicht so gut lief.

Hatte Konzett recht, wenn er sagte, man müsste den Job nur als Geldmaschine sehen und ja nichts persönlich an sich heran kommen lassen? Nur den kurzfristigen Erfolg anstreben und nehmen, was man nehmen kann. Kunden kommen und gehen. Was man in der Tasche hat, kann einem niemand mehr nehmen. Was morgen ist, werden wir dann schon sehen.

Und was war mit der Nachhaltigkeit? Mit dem langfristigen Aufbau und mit den stabilen Erträgen? Mit allem, was eigentlich von ihm erwartet wurde und wofür er sich verpflichtet gefühlt hatte?

Eine Enttäuschung kann man schon wegstecken, aber die Ereignisse in den vergangenen Wochen rund um diese Geldübergabe gaben ihm doch zu denken. Er stand nun da, musste am nächsten Tag mit leeren Händen in seine Bank gehen, das einzige, was er hatte, war ein unterschriebener Überweisungsbeleg

über eine ansehnliche Summe, eine Summe, mit der er eigentlich für seine Bank gerechnet hatte und für die er den ganzen Aufwand auf sich genommen hatte.
In solchen Situationen, wenn er sich selber wieder aus dem Abwärtssog ziehen musste, dachte Contarini an seinen Mentor. Als er die Aufgabe bei der Inter-Finanza übernommen hatte, gab ihm sein Förderer, damals der Chef einer großen Bank, einen Ratschlag.
„Wenn Sie so viel Verantwortung auf sich nehmen, dann müssen Sie die Größe haben, über den Dingen zu stehen." Damals klang das gut, heute war es eine Hilfe, wenn auch nur eine kleine.

Mit Minotti gab es nun nichts mehr zu besprechen, und angestrengt versuchte Contarini sich nicht anmerken zu lassen, wie es ihm gerade ging. Dann gingen sie auseinander und Contarini war wieder mit seinen Gedanken allein. So wie er oft mit seinen Gedanken allein war.
Mit Donatella wollte er über diese Dinge nicht sprechen, dafür war das Gefühl zueinander noch zu zart, vielleicht einmal später, dachte er. Hoffentlich würde es zu diesem „später" kommen, er würde gerne mit Donatella über alles reden können.
Er erreichte noch rechtzeitig einen Abendflug von München nach Wien und hatte trotz eines sehr gesprächigen Sitznachbarn keine große Lust auf Unterhaltung. Er setzte die angebotenen Kopfhörer auf und probierte die Programme durch, er schloss die Augen, aber es wurde ihm leicht übel, deshalb saß er mit offenen Augen im Sitz angeschnallt und versuchte sich auf die Oper zu konzentrieren, die gerade auf Kanal vier lief.
Nachdem er in Wien gelandet war und seinen Wagen aus der

Garage geholt hatte, blickte er auf seine Uhr und dachte, er könnte jetzt noch Donatella anrufen. Wenn sie gerade nicht sprechen konnte, hatte sie ihr Telefon auf lautlos geschaltet und würde dann sicher später entweder zurückrufen oder eine Nachricht schreiben. Flavio konnte damit leben, schließlich war ja Donatella in einer Beziehung gebunden, hoffentlich nicht gefangen, dachte er.
Vorher wollte er aber noch den leidigen Tag abschließen und beschloss, die unterschriebenen Dokumente in die Bank zu bringen. Er wollte sie seiner Assistentin auf den Tisch legen und ihr morgen am Telefon alles Übrige dazu sagen. So konnte er am nächsten Tag etwas später ins Büro gehen, vielleicht würde er sich den Tag freinehmen.
Seine Assistentin würde für ihn die notwendigen Formalitäten erledigen und die Einzahlung des Geldbetrages aus dem Tresor veranlassen. Damit war die Geldübergabe erledigt und auch in der Bank zufriedenstellend gelöst.
Den Beleg für die Überweisung des Geldes auf das Konto des Rumänen behielt er jedoch in seiner Brieftasche, es war besser, einige Tage vergehen zu lassen.
Sie ging sofort zum Telefon.
„Flavio. Ich freu mich so, deine Stimme zu hören."
„Mir geht's auch so, tesoro."
„Wie war dein Tag, wo bist du?"
„Gerade aus München angekommen. War wieder einer dieser Tage, an denen es mir besonders schwer fällt, mich zu motivieren."
„Das musst du mir einmal in Ruhe erzählen."
„Und wie geht's dir?"
„Eigentlich ganz gut, er ist wieder unterwegs, nach Toronto

geflogen. Es ist jetzt das dritte Mal in den letzten vier Wochen. Vielleicht hat er ja eine Geliebte dort. Ich will es gar nicht so genau wissen, aber er ist immer guter Dinge, wenn er zurückkommt."

„Umso besser."

„Ja genau. Mir ist nur wichtig, dass er sich nicht zu viel in mein Leben einmischt."

„Klingt gut. Wenn es zwischen euch auch so funktioniert."

„Nicht immer, aber doch."

„Ich höre dich nur ganz leise."

Donatella merkte, dass sie die ganze Zeit über flüsterte, obwohl sie alleine war.

„Ich hör dich gut", sagte sie jetzt mit normaler Stimme.

„Donatella, mein Akku wird leer, war auch für das Telefon ein langer Tag."

„Ich denk an dich."

„Ich denk an dich."

17. Mai 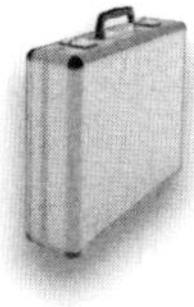 Bukarest

Limanu Mircea suchte nach einem Weg, wie er die Informationen, die ihm durch einen glücklichen Umstand zugefallen waren, am besten verarbeiten könnte. Er hatte selbst umfangreiche Unterlagen über Adrian Scorpiu gesammelt und jetzt zusätzlich noch das Dossier vom Vatikan. Also war die Zeit gekommen, einen Gang zuzulegen.
Es waren bereits vier Artikel über Scorpiu im *Observator* erschienen, und Mircea hatte von seinen Informanten erfahren, dass Scorpiu zusehends unruhiger wurde. Die Behörden begannen mit Nachforschungen, und auch seine besten Freunde konnten aufgrund der Berichterstattung zusehends weniger für ihn tun und wurden allmählich vorsichtiger. Der Druck der Öffentlichkeit war einfach zu groß geworden.
Mircea beschloss, die Ergebnisse seiner Nachforschungen, die er bei dem geheimen Treffen außerhalb von Bukarest gesammelt hatte, zunächst dem Geheimdienst zu übergeben. Dadurch konnte Hauptmann Catu, der Leiter des Einsatzkommandos, tätig werden, ohne vom *Observator* unter Druck gesetzt worden zu sein. Wenn alles gut lief, würde Mircea dann mit einem weiteren Artikel nachlegen. Er wusste, dass für den nächsten Tag wieder eine Versammlung der Drogenhändler mit Scorpiu geplant war, gleicher Ort, gleiche Zeit. Wenn sich die Geheimdienstbeamten nur irgendwie vernünftig verhielten, könnten

sie bei dieser Gelegenheit wesentliches Belastungsmaterial über Scorpiu sammeln.
Mircea vereinbarte ein Treffen mit dem Geheimdienst für den Abend und übergab eine Kopie seiner Unterlagen mit genauer Ortsangabe der geplanten Versammlung. Er konnte nur hoffen, dass es keine undichte Stelle im Geheimdienst gab, aber auch wenn es so wäre, die Beamten wussten, dass Mircea mit einem weiteren Artikel im *Observator* darüber berichten würde und so blieb ihnen nichts anderes übrig, als der Sache nachzugehen.
Der Geheimdienst hatte alle Vorbereitungen getroffen und war bereit für den Einsatz eines Sonderkommandos am Umschlagplatz der Drogenhändler, zur angegebenen Zeit, genau nach den Angaben von Mircea.
Catu hatte einen Verdacht über eine undichte Stelle in seinem Kommando, daher verteilte er die Befehle erst unmittelbar vor dem Einsatz, als sie die schweren Geländewagen bestiegen und niemand mehr Gelegenheit hatte, Scorpiu zu warnen.
Das von Hauptmann Catu verfasste Protokoll hatte folgenden Inhalt:

Ermittlungen zum Akt Adrian Scorpiu
Gestern um 19:35 wurde mir ein Dossier mit vertraulichen Nachforschungen des Journalisten des Observator Limanu Mircea übergeben. Ergänzt wurden diese Unterlagen durch Fotografien sowie durch Gedächtnisprotokolle von vier vertraulichen Gesprächen, die Mircea mit verdächtigen Personen geführt hatte.
Die Unterlagen erscheinen glaubhaft.
Es wurde daher auf meine Veranlassung noch am selben Tag eine Sonderkommission eingesetzt, die das geplante Treffen

einiger Zwischenhändler mit Adrian Sorpiu beobachten sollte, mit dem Ziel, die Beteiligten unmittelbar bei der geplanten Straftat festzunehmen und jegliche Art von Beweismaterial zu sichern.
Die Sonderkommission unter meiner Leitung bestand aus vierzehn Beamten. Es wurden schusssichere Westen sowie Nachtsichtgeräte eingesetzt.
Der Einsatz verlief aufgrund der detaillierten Informationen des Journalisten Mircea außerordentlich erfolgreich und es konnten neben umfangreichen Drogenbeständen unterschiedlicher Herkunft, die derzeit noch im Polizeilabor untersucht werden, auch sieben Personen festgenommen werden. Sie leisteten nur geringen Widerstand, da das Sonderkommando unter meiner Leitung den Einsatz sorgfältig geplant hatte und die Anwesenden somit keinerlei Möglichkeit zur Flucht hatten.
Der Verdächtige Adrian Scorpiu befand sich jedoch nicht unter den festgenommenen Personen.
Die Verhöre der sieben Inhaftierten ergaben Folgendes:
Nach übereinstimmender Aussage beliefert Scorpiu seit etwa zwei Jahren mehrere Organisationen mit Drogen in großen Mengen. Die Herkunft der Drogen ist den verhörten Personen nicht bekannt. Darüber hinaus ergaben die Verhöre, dass Scorpiu selbst Teil eines internationalen Netzwerkes ist, mit Verbindungen in die Türkei und nach Bulgarien. Umfangreiche Protokolle der Vernehmungen liegen vor.
Die festgenommenen Personen sind derzeit in Haft und werden weiter einvernommen.
gez. Hauptmann Catu
Kommandant
eh.

Limanu Mircea erhielt das Protokoll von Hauptmann Catu als Gegenleistung für die von ihm gelieferten Unterlagen, natürlich durfte Mircea die Quelle nicht erwähnen, aber für Hauptmann Catu war es eine Frage der Eitelkeit, in einer Zeitung wie dem *Observator* erwähnt zu werden, wenn auch nicht namentlich, aber die für ihn wichtigen Leute würden schon erkennen, um wen es sich handelte.

Und für Mircea war es ein Vorteil, direkt aus dem Geheimdienst vertrauliche Informationen zu bekommen. Dies gab ihm den erforderlichen Vorsprung, den er als Journalist so dringend brauchte.

18. Mai  Bukarest

Am nächsten Tag erschien im *Observator* folgender Artikel, und zwar auf Seite drei:

Neuer Schlag gegen Adrian Scorpiu.
(Von Limanu Mircea)
Gestern wurde wieder ein Schlag gegen die rumänische Drogenmafia geführt, und nach den der Redaktion vorliegenden Unterlagen war der geheime Kommandoeinsatz einer Sonderkommission des Geheimdienstes ein voller Erfolg (Original des Geheimdienstprotokolls liegt in der Redaktion auf). Wir haben in den vergangen Wochen mehrmals über die Verstrickungen von Adrian Scorpiu in diverse kriminelle Aktivitäten berichtet, und nun liegen weitere Beweise für seine Teilnahme am Drogenhandel vor.
Es wurden gestern mehrere Personen festgenommen, und die Verhöre bestätigten die der Redaktion bekannten Vorwürfe gegen Adrian Scorpiu. Uns liegen Abschriften von Tonbandprotokollen vor, die Scopiu schwer belasten.
Warum werden die Behörden nicht tätig? Was macht die Justiz? Wann greift endlich die Staatsanwaltschaft ein?
Nach unseren Informationen ist Scorpiu nicht nur im Drogenhandel, sondern auch in der Schutzgelderpressung sowie der Geldwäsche tätig.
Scorpiu besitzt neben einer bedeutenden Baufirma auch ein

Taxiunternehmen und mehrere Nachtclubs. Es gibt Hinweise darauf, dass in diesen Lokalen auch der Geheimprostitution nachgegangen wird. Bestechung ist für Scorpiu an der Tagesordnung.
Die Beweislast ist erdrückend. Scorpiu fährt nach wie vor völlig unbehelligt von den Behörden mit seiner schwarzen Limousine durch die Stadt und geht seinen Geschäften nach. Wer schützt Adrian Scorpiu? Wer profitiert von ihm? Geht es bis in die höchsten politischen Kreise unseres Landes?
Die Redaktion hat vertrauliche Informationen, wonach Scorpiu über seine Parteifreunde versucht hat, Einblick in die Ermittlungsakten über den Einsatz des Sonderkommandos zu erhalten. Soweit wir wissen, ist ihm dies nicht gelungen.
Der Observator wird weiter darüber berichten.

Schon wenige Stunden nach Erscheinen der Ausgabe des *Observator* liefen die Telefone in der Redaktion heiß. Sowohl Mircea als auch der Chefredakteur und der stellvertretende Chefredakteur erhielten dutzende Anrufe aufgebrachter Leser, die der Redaktion dafür dankten, dass endlich jemand die Stimme gegen das organisierte Verbrechen erhob. „Man müsse nur den Mut haben", sich gegen die Willkür korrupter Politiker zu stellen, die von diesen Verbrechen profitierten (was nach derzeitigem Wissenstand von Mircea allerdings noch nicht nachgewiesen werden konnte), war die einhellige Meinung der Anrufer.
Mircea hatte in der Zwischenzeit seinen Chefredakteur über die Nachricht von Kardinal Montebello und auch über die umfangreichen Unterlagen informiert. Es erschien ihm doch zu heikel, dies alles im Alleingang durchzuziehen, die Redaktion hatte nun einen Mitstreiter, und das war immerhin der Vatikan.

Den Inhalt des beigelegten kleinen Umschlages hatten sie aufgeteilt, wobei Mircea den etwas größeren Teil für sich behielt. Dem Chefredakteur wurde die Berichterstattung über Scorpiu und die ausufernde Reaktion seiner Leser langsam unheimlich, aber es war ihm klar, dass die Arbeit des jungen Journalisten Mircea dem *Observator* hohe Auflagen und damit auch für ihn persönlich einen nicht unerheblichen Erfolg mit sich bringen würde. Er musste nur darauf achten, dass alle Behauptungen auch tatsächlich belegt werden konnten. Und dies war das größte Problem mit den Unterlagen aus dem Vatikan. Auch wenn die im Paket übersandten Dokumente einer ersten Überprüfung standhielten, war jedoch keineswegs gesichert, dass die Unterlagen echt oder nicht vorher manipuliert worden waren. Doch was für ein Interesse sollte die Kirche daran haben, einer Redaktion unechte Dokumente zukommen zu lassen? Die Motivation des Absenders schien plausibel und nachvollziehbar. Auch gab es keine Zeit mehr, mit umfangreichen Nachforschungen die Echtheit der Dokumente zu überprüfen. Denn dazu hätte er Mircea nach Italien schicken müssen, und es hätte wohl mehrere Wochen gedauert, bis der mit einem halbwegs gesicherten Ergebnis wieder zurückgekommen wäre. Doch dazu blieb keine Zeit. Die Berichterstattung über Scorpiu und die darauf folgenden Reaktionen hatten bereits eine Eigendynamik entwickelt, und er als Chefredakteur wusste, dass der *Observator* eine heiße Sache verfolgte.

Die Auflagen hatten sich in den letzten Tagen mehr als verdoppelt, und es stand fest, dass Scorpiu vielen im Land ein Dorn im Auge war. Er hatte in diesem Kampf die Bevölkerung hinter sich, und auch aus der Politik kamen immer deutlichere Zeichen, dass es ein großes Interesse gab, dem Geschäftsmann

Scorpiu ein für alle Mal zu zeigen, dass er nicht agieren konnte, wie er wollte.
Ein kurzes Telefonat mit dem Herausgeber bestätigte seine Vorgehensweise und gab ihm die notwendige Rückendeckung für seinen Plan.
Er riet daher Mircea – vermied aber das Wort „Anweisung" –, die Ergebnisse seiner Recherche so gut wie möglich zu dokumentieren, schließlich war es ja absehbar, dass die Behörden früher oder später auf der Herausgabe von belastendem Material bestehen würden.
Am Abend dieses Tages ging die neue Ausgabe des *Observator* in Druck, mit dem Artikel über die Vorwürfe gegen Scorpiu in Zusammenhang mit wiederholter Geldwäscherei.
Diesmal auf Seite eins.
Mircea blieb, so gut es ging, bei den Tatsachen und erwähnte den Vatikan, soweit es möglich war, nur als Informant und als Geschädigten, nicht jedoch als Mittäter und Nutznießer der Geldwäschetransaktionen. Es gelang ihm, den Vatikan in seinem Artikel nicht namentlich zu erwähnen, sondern seinen Informanten nur zu umschreiben, sodass dem Leser klar war, wer damit gemeint war, es aber doch nicht ausdrücklich erwähnt wurde.
Mircea war mit sich zufrieden. Andererseits hatte er ein flaues Gefühl im Magen, ihm war klar, dass Scorpiu jetzt auf die Vorwürfe im *Observator* reagieren musste. Und wie diese Reaktion ausfallen könnte, wollte sich Mircea lieber nicht vorstellen. Zu seiner persönlichen Sicherheit beschloss er, sofort nach Auslieferung der neuesten Ausgabe einen Ort aufzusuchen, den außer ihm nur der Chefredakteur kannte. Ihm konnte er vertrauen, und sie vereinbarten einen Kontakt alle dreißig Minu-

ten über ein Mobiltelefon, dessen Nummer sonst niemand kannte. Mircea wusste, dass Scorpiu über modernste technische Geräte verfügte, und um eine eventuelle Ortung des Telefons durch die Männer von Scorpiu zu vermeiden, nahm Mircea sofort nach jedem Anruf den Akku aus dem Telefon.

Er fühlte sich einigermaßen sicher. Und er konnte aus der Entfernung beobachten, wie Scorpiu reagieren würde. Er hätte auch Personenschutz beantragen können, aber zum jetzigen Zeitpunkt hielt er es für nicht notwendig. Vielleicht würde der Zeitpunkt noch kommen.

19. Mai  Bukarest

am Vormittag

Adrian Scorpiu hatte an diesem Tag viel zu tun.

Er hatte einige Verabredungen und ahnte an diesem Vormittag nicht, dass die meisten seiner Termine nicht mehr stattfinden sollten.

Nachdem er zwei Espressi getrunken hatte, fuhr er zu seinem ersten Termin um zehn Uhr ins Marriott. Dort konnte man in der Lobby gut Gespräche führen, insbesondere dann, wenn man gesehen werden wollte. Für vertrauliche Termine hatte er andere Plätze lieber.

Er saß auf dem Rücksitz seiner schweren BMW 7-er Limousine, langgestrecktes Modell, und vor ihm fuhren in einem etwas kleineren Wagen zwei seiner Leibwächter, heute mit Blaulicht. Es bereitete ihm großes Vergnügen, wenn alle anderen Verkehrsteilnehmer warten mussten, wenn sie in eine Kreuzung fuhren oder wenn sie manchmal die Gegenfahrbahn benutzten, um schneller voran zu kommen. Vor einigen Jahren war es noch einfach gewesen, ein solches tragbares Blaulicht zu organisieren. Man musste nur die richtigen Personen kennen. Heute ging das nicht mehr so leicht, es waren schon zu viele Geschäftsleute mit Blaulicht in der Stadt unterwegs. Der Polizeiminister hatte ein Machtwort gesprochen und Blaulicht nur mehr für Fahrzeuge der Behörden zugelassen. Grundsätzlich. Also mit wenigen Ausnahmen.

Da Scorpiu in der Stadtverwaltung einige Politiker gut kannte, bedurfte es nur einer kleinen Überzeugungsarbeit, bis ihm ein höherer Beamter sein tragbares Blaulicht samt Sirene zur freien Nutzung überlassen hatte. Natürlich gegen ein kleines Geschenk. Scorpiu hatte sich schon vorher überlegt, woraus dieses kleine Geschenk am besten bestehen könnte. Er wusste, dass dieser hohe Beamte hin und wieder eine bestimmte Dame traf und daher stellte Scorpiu ihm eine kleine, aber luxuriös ausgestattete Wohnung für persönliche Zwecke zur Verfügung. Unentgeltlich natürlich und jederzeit frei zu verwenden. Nur Scorpiu und zwei seiner engsten Mitarbeiter wussten, dass in der Wohnung eine Kamera versteckt montiert war, die sich durch einen Bewegungsmelder automatisch einschaltete. So war allen geholfen, und wie durch Zufall hatte nun Scorpiu auch etwas in der Hand, um den hohen Beamten wieder leichter überzeugen zu können, wenn es notwendig werden sollte. Neben ihm saß seine Assistentin Fatoumata, die ihn bei fast allen Terminen begleitete. Er nannte sie Fatou, was ihr zwar nicht recht war, weil sie auf ihren Namen stolz war, aber so war es eben. Scorpiu nannte sie nur dann Fatoumata, wenn er ihr zu verstehen geben wollte, dass er etwas Bestimmtes von ihr erwartete. Deshalb war sie immer beruhigt, wenn er sie Fatou nannte. Sie kam aus Gambia und hatte vor einigen Jahren in ihrer Heimatstadt einen jungen Rumänen kennengelernt und war ihm dann nach Bukarest gefolgt. Obwohl sie gerne in Gambia lebte, dachte sie damals, dass es interessant sein könnte, Bukarest zu sehen und vielleicht auch dort zu leben. Die Verbindung ging kurz danach auseinander, aber sie blieb und fand schließlich den Assistentenjob bei Scorpiu. Zunächst noch im Hintergrund, aber Scorpiu wurde auf sie aufmerksam und sie wurde seine persönliche Assistentin. Die drei Sprachen, die sie fließend beherrschte, kamen ihr in ihrem Job sehr zugute, und außerdem sah sie blendend aus. Eine Haut wie Samt, eine Figur wie aus dem Modejournal, groß, schlank. Sie trug heute einen dunkelblauen Rock, eng anliegend, fast eine Spur zu kurz und ein blaues Jackett mit weißer Bluse.

So fuhren sie also mit Blaulicht durch Bukarest, er würde sich wohl verspäten, aber Scorpiu hatte immer die Absicht, andere warten zu lassen. Das gehörte zum Ritual. Die anderen sollten auf ihn warten, nichts wäre unangenehmer, als vor den anderen bei einem Termin zu erscheinen und dann selber warten zu müssen. Erniedrigend. Undenkbar.

Im Marriott angekommen, bestellte er schwarzen Tee und ein kleines, leichtes Frühstück, um seinen Magen nicht zu sehr zu belasten. Er wusste, dass er später noch einige wichtige Gespräche führen musste. Seine zwei Leibwächter nahmen an einem Nebentisch Platz.

Die Gesprächspartner waren seine Vertrauensleute in den drei größten Provinzen Rumäniens, und es ging um die Aufteilung der Schutzgelder, die dort eingehoben wurden. Scorpiu musste Druck machen, da seine Mitarbeiter einen gewissen Hang zur Verselbstständigung entwickelt hatten und er Informationen erhielt, wonach die Einnahmen aus den Schutzgeldern nicht mehr wie ursprünglich vereinbart aufgeteilt wurden. Es ging für Scorpiu um viel Geld, und vor allem waren diese Einnahmen für ihn ein laufendes Einkommen, um das er sich nicht viel kümmern musste. Bisher jedenfalls. Und er wollte auf nichts verzichten.

Also heute wieder das volle Programm, dachte Scorpiu: Lächeln, Güte, Verständnis, Kompromiss, leichte Drohung, anderes Thema, wieder deutliche Worte, Blick zu den Leibwächtern, die wie auf Kommando an ihre leicht ausgebeulten Jacken griffen, wieder Güte, schweigen, während der Kellner die leere Teekanne mitnahm, ernstes Gesicht, leiser sprechen, Einschüchterung, deutlichere Drohung, lange Pausen, den anderen im Satz unterbrechen, nur nicht ausreden lassen, Thema vorgeben, die Augen fixieren, zurücklehnen, noch deutlichere Drohung, Erwähnung von bereits eliminierten Verrätern, nur nebenbei, wieder Güte, Verständnis, kalter Blick, Lösung besprechen, nicht diskutieren, nicht vorschlagen, vorgeben, darauf bestehen, ohne Kompromiss, nur nicht eingehen auf Argumente, auf die Uhr schauen. Das volle Programm also.

Scorpiu hatte unzählige Male solche Gespräche geführt und war auch jetzt schon davon überzeugt, dass er das gewünschte Ergebnis erreichen würde. Er spürte seine Blase, und er war sich sicher, dass die drei mittlerweile eingeschüchterten Gesprächspartner während seiner kurzen Abwesenheit einiges miteinander zu besprechen hätten. Insofern hatte die Unterbrechung auch taktische Gründe. Scorpiu beschloss aber, nicht allzu viel Zeit vergehen zu lassen, um den anderen nicht die Möglichkeit zu geben, ausführlich über einen Ausweg aus ihrer schwierigen Situation zu beraten.

So erschien er nach zweieinhalb Minuten wieder und blickte auf die Uhr. Er wollte dadurch deutlich machen, dass das Gespräch ohnehin schon viel zu lange dauerte und wichtigere Dinge auf ihn warteten.

Er rief nach seiner Assistentin, die noch im Wagen wartete, und als sie sich an den Tisch setzte, diktierte ihr Scorpiu eine Gesprächsnotiz, über deren Inhalt er jetzt eigentlich nicht mehr diskutieren wollte. Die drei anderen saßen schweigend da, und

es war ihnen klar, dass sie entweder die Vereinbarung unterschreiben oder die Stadt möglicherweise nicht mehr lebendig verlassen würden.
Kurz danach kam seine Assistentin mit den vier ausgedruckten Exemplaren des Protokolls über das geführte Gespräch. Alle vier unterschrieben schweigend das Papier, und es war allen klar, dass dies nun die neue Vereinbarung über die künftige Zusammenarbeit war.
Scorpiu lehnte sich in seinem bequemen Fauteuil zurück und deutete zur Rezeption, man solle ihm den Zimmerschlüssel für die Suite 1204 bringen.
Dann warf einen Blick auf seine Assistentin und sagte leise: „Fatoumata."

19. Mai  Bukarest

am späten Vormittag

Hauptmann Catu hatte höchstpersönlich die Leitung des Einsatzes übernommen. Diesmal war er über die genauen Pläne von Scorpiu für diesen Tag informiert und hatte beschlossen, den Zugriff des Sonderkommandos auf dem Parkplatz des Marriott Hotels durchzuführen. Scorpiu sollte nichtsahnend aus dem Hotel kommen und von mehreren Seiten gestellt werden, um ihm dadurch keine Möglichkeit zu geben, seinen Wagen zu erreichen. Ein weiterer Polizeibeamter war am Hinterausgang postiert, einer in der Garageneinfahrt, nur für den Fall, dass Scorpiu die Garage als Fluchtweg wählen wollte. Hauptmann Catu wusste auch von der Anwesenheit der beiden Leibwächter, aber er verließ sich darauf, dass sie sich angesichts der Übermacht der Polizei zurückhalten würden. Catu war aus den Vernehmungen bekannt, dass niemand Scorpiu besonders gern mochte und auch seine engsten Mitarbeiter täglich mit seiner Verhaftung rechneten.

Nur Scorpiu ahnte nichts und fühlte sich nach wie vor sicher. Er vertraute auf die Unterstützung seiner Freunde in der Justiz, die alle von seinen Zuwendungen und seiner Gunst profitierten. Doch auch seine Freunde konnten jetzt nichts mehr für ihn tun.

Der *Observator* hatte gründliche Arbeit geleistet.

An der Rezeption hatte heute Linda Dienst. Sie kannte Scorpiu gut, wenn auch nicht näher, aber Scorpiu galt als guter und wichtiger Gast. Im Hotel wusste jeder, dass man die Wünsche von Scorpiu am besten schnell und sorgfältig erledigen sollte. Die Rezeption versuchte, so gut es ging, die Suite 1204 freizuhalten, denn Scorpiu dachte nicht daran, rechtzeitig zu reservieren. 1204 war seine Lieblingssuite, und er ging davon aus, dass sie ihm jederzeit zur Verfügung stand. Linda hatte ihm schon öfter den Schlüssel übergeben und dafür oft ein schönes Trinkgeld bekommen, dennoch mochte sie Scorpiu nicht besonders. Vielleicht lag es daran, dass er schon öfter versucht hatte, sie zu überreden, ihn auf 1204 zu begleiten. Vielleicht lag es auch daran, dass Scorpiu herablassend und fordernd war, wann immer sie mit ihm zu tun hatte.

Linda hatte den Aufmarsch der Polizei vor dem Hotel beobachtet und war sicher, dass der Einsatz wohl nur Scorpiu gelten konnte. In der Rezeption lag immer die letzte Ausgabe des *Observator* auf und sie war nicht die einzige, die tagsüber in der Zeitung blätterte. Sollte sie Scorpiu einen Wink geben? Sie war sich nicht sicher. Einerseits war er nicht ein Mensch, dem man helfen sollte, aber andererseits waren die Trinkgelder ja auch nicht schlecht. Wenn der Einsatz wirklich Scorpiu galt, dann könnte sie vielleicht ein letztes Mal mit seiner Großzügigkeit rechnen, wenn sie den Eindruck erwecken würde, ihn noch rechtzeitig warnen zu wollen.

Als Linda sah, dass Scorpiu nach dem Schlüssel verlangte, legte sie sich noch schnell einen Satz zurecht, den sie ihm sagen wollte und ging durch die Halle des Hotels zu ihm hinüber. Sie kam näher und hatte den Schlüssel zur Suite 1204 in der Hand, doch als Scorpiu danach greifen wollte, flüsterte sie ihm zu, dass etwas nicht stimmte und auf dem Parkplatz vor dem Hotel

ungewohnt viele Personen standen, in Kampfuniform der Polizei.
Fatoumata sah den unruhigen Gesichtsausdruck von Scorpiu und erkannte, dass etwas nicht nach Plan lief. Erleichtert atmete sie durch.
Scorpiu war sich sicher, dass dieser Einsatz der Polizei nicht ihm gelten konnte, beschloss aber dennoch zunächst die kleine Freude mit Fatoumata auf später zu verschieben. An das Trinkgeld für Linda dachte er jetzt nicht.
Scorpiu wollte gerade aufstehen, um nachzusehen, was auf dem Parkplatz vor dem Hotel wirklich geschah, denn plötzlich spürte er in seiner Magengrube ein Gefühl, das ihm bisher immer zuverlässig erhöhte Alarmbereitschaft signalisiert hatte. Er blickte um sich, sah seine beiden nervösen Leibwächter, doch bevor er noch einen Plan entwickeln konnte, fiel ihm noch etwas ein. Er hatte vor wenigen Tagen ein Bankschließfach eingerichtet und dort einen ansehnlichen Geldbetrag hinterlegt, für alle Fälle, sollten alle Stricke reißen. Er hatte noch den Schlüssel in der Hosentasche und keinen Plan, wo er ihn deponieren sollte. Jetzt musste er aber eine Entscheidung treffen und drückte, ohne lange zu überlegen den einzigen Schlüssel zum Schließfach Fatoumata in die Hand. Dann nahm er den Rechnungsbeleg, der noch auf dem Tisch lag, und schrieb auf die Rückseite die Adresse einer Bank in Bukarest. Sie verstand sofort und stellte keine Fragen.
Als Scorpiu das Hotel verließ, standen sechzehn mit Maschinenpistolen bewaffnete Polizeibeamte auf dem Vorplatz, und Scorpiu wurde in diesem Augenblick bewusst, dass nicht nur sein Tag völlig anders verlaufen würde, sondern dass ihm jetzt einige unangenehme und langwierige Verhöre bevorstanden.

Viel lieber hätte er nach einem ruhigen Mittagessen in einem der angesagten Restaurants der Stadt ein oder zwei Stunden in seinem Club verbracht. Er hatte alles gründlich geplant und den Tagesablauf darauf ausgerichtet. Der Verhaftung konnte er sich jetzt nicht entziehen, dachte er, aber er würde ja ohnehin mit Hilfe seiner Freunde bald wieder freikommen.
Hauptmann Catu las ihm den Inhalt des richterlichen Beschlusses vor, und als ihn Catu fragte, ob es auch ohne Handschellen ginge, antwortete Scorpiu nur mit einem Lächeln. Also entschied Catu, ihm Handschellen anzulegen. Die beiden Leibwächter hielten sich im Hintergrund und hatten keinerlei Möglichkeit einzugreifen. Sie verspürten auch kein Bedürfnis, etwas an der misslichen Situation ihres Chefs zu ändern.
Scorpiu kannte Hauptmann Catu aus Erzählungen und dachte, es sei jetzt wohl besser, sich seinem Schicksal zu fügen und so schnell wie möglich seine Rechtsanwälte anzurufen. Seiner Erfahrung nach sollte er am Nachmittag wieder frei sein, vielleicht war dann noch Gelegenheit, die Zeit mit seiner Assistentin nachzuholen. Sie arbeitete erst seit kurzer Zeit für ihn, und er hatte den Wunsch, sie noch näher kennen zu lernen. Wie bei allen anderen Personen ging er davon aus, dass seine Assistentin ihm alle seine Wünsche erfüllen würde.

Limanu Mircea hatte die ganze Szene aus dem Hintergrund beobachtet. Er musste besonders vorsichtig sein, nicht gesehen zu werden, aber er wollte die Verhaftung von Scorpiu miterleben, wollte unbedingt dabei sein. Er hatte von Hauptmann Catu die Information bekommen, wann und wo der Einsatz stattfinden würde. Mircea sollte nicht in Erscheinung treten, aber das war ja ohnehin nicht seine Absicht. Mircea war zufrieden. Er konnte in allen Einzelheiten beobachten, wie Scorpiu auf dem Vorplatz des Hotels den bewaffneten Polizisten gegenüberstand, Catu die Handschellen von seinem Gürtel nahm und sie Scorpiu anlegte. Mircea wartete geduldig, bis der Einsatz beendet war und die Polizisten den Ort verlassen hatten. Es wurde wieder ruhig im Hotel und die Gäste, die aus dem Inneren des Hotels durch die große Glasscheibe alles mitverfolgen konnten, kehrten zu ihren Tischen zurück. An einem der Tische saß noch Fatoumata, sie war allein und noch immer verstört von dem, was sie gerade miterlebt hatte. Mircea ging langsam auf sie zu und wollte gerne ein paar Worte mit ihr wechseln. Er kannte sie aus Beschreibungen, die er im Zuge seiner Recherchen oft erhalten hatte, aber gesehen hatte er sie bisher noch nie. Sie sah ihn und ihre Blicke kreuzten sich für einen kurzen Moment. Mircea glaubte, ein Lächeln erkennen zu können. Gerade in diesem Augenblick läutete sein Telefon und der Chefredakteur teilte ihm mit, dass er ihn dringend in der Redaktion sehen wollte. Es gab noch einige Fragen zur nächsten Ausgabe zu klären, und der Beitrag von Mircea sollte an prominenter Stelle erscheinen. Mircea kehrte um, und als er aus dem Augenwinkel noch einen Blick auf Fatoumata warf, sah er, dass sie einen Schlüssel in ihrer rechten Hand hielt. Er war neugierig geworden und Fatoumata interessierte ihn jetzt, nicht nur aus beruflicher Sicht. Also beschloss er, den Chefredakteur ein wenig warten zu lassen und die Gelegenheit zu nutzen, Fatoumata kennenzulernen.

„Entschuldigen Sie, wenn ich Sie anspreche, mein Name ist Limanu Mircea. Darf ich mich zu Ihnen setzen?" Mircea wollte betont vorsichtig sein und Fatoumata nicht vor den Kopf sto-

ßen. Er konnte sich gut vorstellen, in welcher Verfassung sie gerade sein musste, und außerdem wusste er ja nicht, ob sie über seine Rolle bei der Aufklärung der Straftaten von Scorpiu Bescheid wusste. Fatoumata reagierte nicht und daher sagte Mircea leise: „Ich bin Journalist beim Observator."
Sie griff nach einer Zigarette aus der fast leeren Packung in ihrer Handtasche und hielt sie zwischen den Fingern. Mircea sah eine Packung Streichhölzer in einem unbenutzten Aschenbecher auf dem Tisch liegen, nahm sie und gab ihr Feuer. Fatoumata hatte ihm keine Antwort gegeben, aber Mircea ging davon aus, dass dies wohl eine Aufforderung sein würde, neben ihr Platz zu nehmen.
„Was kann ich für Sie tun?", fragte sie.
„Eigentlich nichts, ich wollte Sie nur kennenlernen."
„Sind sie *der* Journalist?"
„Ich glaube schon. Ich bin der, der über Adrian Scorpiu berichtet hat."
„Sind Sie dienstlich hier, also als Journalist?", wollte Fatoumata wissen.
„Jetzt nicht mehr."
„Und? Sind Sie zufrieden?"
Zufrieden. Wie meinte sie das? Lag da etwas in ihrer Stimme?
„Eigentlich ja, ich habe mein Ziel erreicht", antwortete er. Sie schwieg, sah ihm in die Augen, überlegte. Es vergingen einige sehr lange Minuten, wie wenn sie über ihr Leben und ihre Zeit in Bukarest nachgedacht hätte. Dann sagte sie: „Soll ich Ihnen was sagen? Ich bin eigentlich auch zufrieden."
Und dann begann sie zu erzählen. Von der Zeit in Gambia, ihrer Reise in das für sie völlig unbekannte Bukarest, ihren Job bei Scorpiu. Sie erzählte, wie Scorpiu jeden Tag auf die neueste Aus-

gabe des *Observator* wartete, wie er bereits den Auftrag gegeben hatte, zwei seiner Leibwächter zu Mircea zu schicken und es sich dann doch noch anders überlegt hatte. Wie er Politiker bestochen hatte und dennoch zur Kenntnis nehmen musste, dass einer nach dem anderen nichts mehr mit ihm zu tun haben wollte. Sie erzählte von ihrem Alltag, dem Zwang, der Unterdrückung, den Drohungen, und auch davon, dass sie ihm ausgeliefert war und keine andere Wahl hatte, als für ihn zu arbeiten und für ihn verfügbar zu sein, wann immer er es wollte. Mircea war überrascht über ihre Offenheit und war sich ziemlich sicher, dass sie wohl sehr erleichtert sein musste, Scorpiu in Haft zu wissen. Eine ganz besondere Frau, dachte Mircea. Als er sie ganz allein in der Hotellobby sitzen sah, hatte er noch das Gefühl, etwas für sie tun zu müssen, fast als hätte er ein schlechtes Gewissen ihr gegenüber gehabt. Aber nach diesem kurzen Gespräch war er beruhigt, sie schien die Situation gut im Griff zu haben.
Jetzt fiel ihm aber wieder ein, dass er eigentlich schon längst bei seinem Chefredakteur sein sollte. Er wollte sie noch nach dem Schlüssel fragen, hob sich das aber für das nächste Treffen auf. Sie verabredeten sich für den kommenden Tag und Mircea gab ihr seine Telefonnummer, weil sie noch den Treffpunkt vereinbaren wollten. Fatoumata versprach, sich bei ihm zu melden. Sie musste vorsichtig sein, denn aus ihrer Erfahrung wusste sie, dass mit hoher Wahrscheinlichkeit Scorpiu am Nachmittag wieder frei sein würde. Und dann könnte sie ja nicht den Journalisten treffen, der ihrem Chef das Leben schwer gemacht hatte. Also beschloss sie, die kommenden Stunden abzuwarten und erst später zu entscheiden, ob sie Mircea treffen wollte.
Als der Konvoi nach kurzer Fahrt im Polizeipräsidium eintraf,

war schon alles vorbereitet. Der Untersuchungsrichter verhängte nach einer halbstündigen Einvernahme die Haft und gab den Rechtsanwälten nur kurz Gelegenheit für eine Unterredung mit Scorpiu.
Sowohl dem Untersuchungsrichter als auch Hauptmann Catu war klar, dass alles schnell gehen musste. Scorpiu sollte keine Gelegenheit bekommen, noch verbleibende Freunde zu kontaktieren, diesmal nicht. Diesmal sollte der Fall abgeschlossen werden. Ein für alle Mal.
Für den nächsten Tag war bereits die Verhandlung angesetzt, und Scorpiu war diesmal unangenehm überrascht, wie sorgfältig die Staatsanwaltschaft das Verfahren gegen ihn vorbereitet hatte. Damit hatte er nicht gerechnet. Auch von seinen früheren Freunden kamen keine Interventionen, und seine Rechtsanwälte konnten wegen der massiven Vorwürfe, die alle lückenlos nachgewiesen werden konnten, keine juristischen Manöver mehr einleiten. Scorpiu wartete vergeblich auf ein Wunder, sein Schicksal schien besiegelt zu sein.
Nach eintägiger Verhandlung wurde vom Richter das Urteil, wie nicht anders zu erwarten, auf lebenslange Haft verkündet. Die Anklage lautete auf Erpressung in Zusammenhang mit Schutzgeld, Menschenhandel, Drogenhandel und Geldwäsche in wiederholten Fällen.
Für Hauptmann Catu wurde somit wieder ein wichtiger Fall nach vierjähriger Ermittlungstätigkeit zu den Akten gelegt. Diesmal mit einer besonderen Genugtuung.

19. Mai Bukarest

am Nachmittag

Es war ein besonderer Tag für Limanu Mircea, denn er hatte grünes Licht für den Leitartikel auf Seite eins des *Observator* bekommen. Die Schlagzeile sollte noch größer werden als sonst üblich, und viele der Leser warteten ungeduldig auf die Abendausgabe, um die letzten Nachrichten zum Fall Scorpiu zu erfahren.

Auf diesen Tag hatte Mircea lange gewartet. Es war nicht nur ein Durchbruch in seiner journalistischen Karriere, sondern auch ein besonderer Erfolg in seinem persönlichen Kampf gegen Adrian Scorpiu. Und jetzt hatte er das Ergebnis. Er dachte an die vergangenen Wochen zurück und war eigentlich überrascht, dass er diese Zeit ohne körperliche Bedrohung einer Schlägertruppe überstanden hatte. Er versuchte sich das so zu erklären, dass es für Scorpiu wahrscheinlich zu gefährlich gewesen wäre, einen Journalisten unter Druck zu setzen, der mit seinem Fall befasst war. Das hätte die Öffentlichkeit ohne Zweifel als Schuldeingeständnis gesehen und das wäre wohl auch nach den Maßstäben von Scorpiu eine zu heikle Sache gewesen. Mircea konnte während seiner Recherchen in den letzten Wochen jederzeit mit der Rückendeckung seines Chefredakteurs rechnen, dennoch hatte er hin und wieder überlegt, diesen scheinbar aussichtslosen Kampf gegen Scorpiu aufzugeben. Irgendwie gelang es ihm aber immer wieder, sich zu motivieren und wahrscheinlich hatten die Informationen von Kardinal Montebello den entscheidenden Einfluss auf seine Arbeit gehabt. Einerseits konnte er diese Tatsachen nicht einfach unter den Tisch fallen lassen, und andererseits war es beruhigend zu wissen, dass er nicht allein war. Wie oft würde es schon vorkommen, einen so mächtigen, nun ja, Partner, hinter sich zu wissen. Und da war noch der Umschlag. Auch wenn er den Inhalt mit dem Chefredakteur teilen musste, aber immerhin, ganz zu vernachlässigen war das ja auch nicht. Natürlich, er hätte ablehnen und die Akten und den Umschlag zurückschicken können, aber warum eigentlich. Es widersprach auch keineswegs seiner journalistischen Ehre, die Unterlagen zu verwenden, im Gegenteil, er ließ sich ja davon nicht beeinflussen. Die Papiere von Montebello waren ja nur ein Teil eines Puzzles, allerdings ein entscheidender Teil. Mircea hatte oft Hinweise von seinen Informanten erhalten, aber es waren nicht bewiesene Tatsachen, eben nur Hinweise. Er musste darauf vertrauen, dass sie richtig waren, und rückblickend war das natürlich immer eine gewisse Gratwanderung. Bei den Informationen von Montebello handelt es sich aber um dokumentierte Vorwürfe und die hatten einen ganz anderen Stellenwert für einen Journalisten. Ein glücklicher Zufall also. Ein Zufall? Mircea überlegte, wie oft ihm schon ein Zufall die entscheidende Wendung bei seinen Nachforschungen gebracht hatte. Aber konnte ein Zufall darüber entscheiden, ob ein Mann wie Scorpiu im Gefängnis landen würde oder nicht? Realistisch gesehen wird es wohl so sein, dachte Mircea. Irgendwie war es ja auch ein Zufall, dass er gerade hier und jetzt lebte, diesen Beruf gewählt und mit den Nachforschungen gegen Scorpiu begonnen hatte. Hätte er es nicht getan, hätte vielleicht niemand anderer diese mühsame

Aufgabe übernommen und Adrian Sorpiu wäre noch immer ein freier Mann.
Er hatte sich viel mit Dingen wie dem Determinismus beschäftigt oder der Chaostheorie, die ja in Wirklichkeit nicht mit Chaos, sondern der inneren Ordnung zu tun hatte. Aber wie konnte man in einer Welt leben, in der alles vorbestimmt war und keiner darauf Einfluss nehmen konnte. Mircea wusste, dass Biologen bewiesen hatten, dass immer wieder reine Zufälle das Leben auf der Erde bestimmt hatten. Aber waren auch diese Zufälle vorbestimmt und gab es einen großen Plan? Aber dann waren es ja wohl Pläne und keine Zufälle mehr. Mircea beschloss für sich, zu glauben, dass eher Zufälle sein Leben bestimmen würden als ein versteckter Plan. Damit konnte er viel besser zurechtkommen.
Als er vor sich hin grübelte, klopfte jemand an der Tür und er wurde wieder in die Realität geholt.
Sein Chefredakteur stand vor ihm und fragte:
„Limanu, ist der Artikel schon fertig? Es bleibt nicht mehr viel Zeit für die Abendausgabe."
„Gleich, dauert nicht mehr lang."
Er begann den Text für die heutige Ausgabe zu schreiben und beschloss, so weit wie möglich sachlich zu bleiben.

Adrian Scorpiu in Haft.
(von Limanu Mircea)
Gestern wurde der bekannte Geschäftsmann Adrian Scorpiu wegen schwerer Delikte zu lebenslanger Haft verurteilt.
Der Observator hatte in den vergangenen Monaten ausführlich über die illegalen Transaktionen von Adrian Scorpiu berichtet und den zuständigen Behörden laufend umfang-

reiches Beweismaterial übergeben. Nun fiel endlich der Vorhang für Scorpiu und die Behörden können wieder ein Kapitel in der erfolgreichen Bekämpfung der Kriminalität schließen.
Die Ermittlungen der Polizei ergaben, dass Scorpiu zahlreiche Politiker aller Parteien, aber auch hohe Justizbeamte in seiner Gewalt hatte. Es gelang ihm, durch wiederholte Einschüchterungen und Androhung von Gewalt ein Netzwerk in unserem Land aufzubauen, das ihm blind gehorchte und gezwungen war, alle seine Anordnungen jederzeit zu befolgen. Wie dem Observator mehrfach vertraulich mitgeteilt wurde, stand Erpressung auf der Tagesordnung und die Betroffenen fürchteten um ihr Leben.
Nur so war es möglich, dass Adrian Scorpiu über Jahre ein Imperium aufbauen konnte, das durch seine Verbindungen in weite Teile der Wirtschaft zu einem bedeutenden Machtfaktor wurde. Es gelang ihm, die gesamte Bauwirtschaft im Südosten des Landes zu kontrollieren, und er erwirtschaftete durch Preisabsprachen sowie die illegale Beschäftigung von bulgarischen Schwarzarbeitern ein gewaltiges Vermögen.
Wie die Ermittlungen weiters ergaben, wurde der Großteil des Vermögens auf Konten in Liechtenstein und Panama transferiert. Lange Zeit konnte Scorpiu alle Spuren verwischen, indem er ein kompliziertes Geflecht aus Trusts und Stiftungen verwendete, aber durch die Zusammenarbeit der Behörden mit den jeweiligen Ländern und die Offenlegung der Konten war es möglich, das Netz und die Geldflüsse zu durchleuchten. Es liegen richterliche Beschlüsse vor, die zu einer sofortigen Sperre und zum Einfrieren aller Konten geführt haben.
Es muss ausdrücklich erwähnt werden, dass die Zusammenarbeit mit den ausländischen Behörden vorbildlich war und als Beispiel für eine effiziente internationale Ermittlungstätigkeit gesehen werden kann.

Die Anklageschrift umfasste nicht nur den Tatbestand der Erpressung und der Geldwäscherei sowie schwerer Steuerdelikte, sondern auch die gewerbsmäßige Ausübung des Glückspiels in mehreren Nachtclubs der Stadt. Die Vermutung hat sich mittlerweile bestätigt, dass in diesen Clubs der Geheimprostitution nachgegangen wurde und der damit verbundene Menschenhandel und die Entführung in wiederholten Fällen Adrian Scorpiu und seiner Organisation zugeordnet werden können.
Die Festnahme erfolgte in einer von Hauptmann Catu minutiös geplanten und außerordentlich erfolgreich durchgeführten Aktion, bei der ein Sonderkommando vor einem Hotel in der Innenstadt Scorpiu stellen konnte. Er leistete keinen Widerstand. Auch Scorpius schwerbewaffnete persönliche Leibwächter, die sich während des Einsatzes immer in seiner Nähe befanden, konnten im Zuge dieser Blitzaktion überwältigt und in Gewahrsam genommen werden. Wie wir aus Geheimdienstkreisen erfahren haben, fiel während der gesamten Aktion kein Schuss.
Aufgrund der Schwere der Vergehen wurde die Justiz unmittelbar nach der Verhaftung tätig und es wurde sofort die Untersuchungshaft über Scorpiu verhängt. Bereits am nächsten Tag war der Prozesstermin anberaumt und die Urteilsverkündung erfolgte ungewöhnlich schnell noch am selben Tag, wobei auch die anwesenden Prozessbeobachter überrascht waren, mit welchem Nachdruck der Richter das Verfahren zu Ende bringen wollte. Auf Anraten seiner Rechtsanwälte verzichtete Adrian Scopiu kurz nach der Urteilsverkündung auf alle Rechtsmittel und somit war das Urteil sofort rechtskräftig. Es lautete auf lebenslängliche Haft. Scorpiu wird in eine Haftanstalt außerhalb von Bukarest überstellt. Der Zeitpunkt der Überstellung und der Ort werden geheim gehalten.

Mircea saß an diesem Tag noch lange in seinem kleinen Büro und genoss die Situation. Immer wieder kamen Kollegen zu ihm, um zu gratulieren. Solche Tage gab es nicht oft und er wollte den Erfolg auskosten.
Insgeheim wartete er aber auch auf den Anruf von Fatoumata, doch der kam nicht.
Die beginnende Zuneigung, die er für sie empfand, als er sie im Hotel sah, begann zu verfliegen. So ist das, wenn man sich etwas einbildet. Selber schuld, dachte Limanu Mircea. Dennoch wollte er es dabei nicht belassen und rief einen seiner Informanten an, um vielleicht doch noch zu erfahren, was mit Fatoumata geschehen war, warum sie sich nicht bei ihm gemeldet hatte. Der Bericht, den er eine Stunde später erhielt, war verwirrend. Als Fatoumata erfahren hatte, dass Scorpiu ein Prozess bevorstand und mit keiner Freilassung zu rechnen war, hatte sie noch am gleichen Tag ihre Wohnung geräumt und niemand wusste, wo sie sich nun aufhielt. Mircea hatte keine Telefonnummer von ihr und so blieb ihm nichts anderes übrig, als abzuwarten, aber die Hoffnung, von ihr zu hören, sank mit jeder Stunde.

20. Mai  Wien

am Vormittag

Contarini hatte sich nicht nur einen Tag, sondern gleich mehrere freigenommen. Die vergangenen Wochen hatten ihm doch mehr zugesetzt, als er wahrhaben wollte.
Es war eine Sache, ein Projekt zu verfolgen, auch wenn viel Arbeit daran hing, und Erfolg zu haben, aber eine andere Sache, einen enormen Aufwand zu haben und am Ende nichts zu erreichen. Er hatte viel riskiert, in den vergangenen Wochen, das wurde ihm jetzt klar, jetzt, da alles überstanden war. Er wollte in diesen paar Tagen nur Abstand gewinnen und die Last ein wenig abschütteln.
Die Angelegenheit mit dem Bargeld war in der Bank erledigt und alle freuten sich über die beachtliche Summe, die nun verwaltet werden konnte und ordentliche Einnahmen bringen würde. Außer Contarini wusste niemand vom Auftrag, den größeren Teil des Geldes auf ein Konto in Liechtenstein zu überweisen, und jetzt fiel ihm ein, dass er das Formular noch immer in seiner Brieftasche trug. Es hatte noch etwas Zeit. Nächste Woche würde er die Überweisung durchführen.
Als Contarini gerade an Donatella dachte, läutete das Telefon. Eigentlich wollte er jetzt niemanden sprechen, aber sein Freund Konzett versuchte ihn zu erreichen.
„Ciao Flavio. Wie geht's?"
„Ganz gut, habe mir diese Woche freigenommen. Muss mir

einiges durch den Kopf gehen lassen. Übrigens: Dein Problem mit den Staatsanleihen kann ich dir nicht lösen. Minotti hat mir den Auftrag gegeben, das Geld auf ein Konto eines Rumänen zu überweisen. Nach Liechtenstein. Es war gar nicht seines. Zum Großteil. Irgendeine unangenehme Angelegenheit. Minotti ist unter Druck gesetzt worden und konnte nicht anders als das Geld des Rumänen zu übernehmen und für einen Transport ins Ausland zu sorgen. Soll ein übler Mensch sein, dieser Rumäne. Immer begleitet von Leibwächtern und Schlägern. Minotti hat mir Geschichten erzählt, sag ich dir. Wusste gar nicht, dass er in Rumänien Geschäfte macht."

„Unangenehm für Minotti. Hat er sein Problem damit gelöst?", fragte Guido.

„Glaub schon. Er klingt gut, besser als in den letzten Wochen. Ich glaube, er geht davon aus, dass er jetzt Ruhe hat."

„Flavio, ich habe ihn übrigens vergangene Woche gefragt, ob er nicht an griechischen Staatsanleihen interessiert wäre. Ich habe ihm auch gesagt, dass ich ein gutes Angebot für ihn hätte. Er wollte sich aber nicht entscheiden. Jetzt verstehe ich, warum. Muss bald eine andere Lösung finden, bevor mein Verwaltungsrat wieder zusammentritt. Vielleicht brauche ich doch einen Plan B", sagte Guido nachdenklich.

„Tut mir leid, Guido, aber wir finden schon eine Lösung."

„Übrigens, was ich dir noch erzählen wollte: Ich komme gerade von einem Kunden in Varna. Du weißt, das ist am Schwarzen Meer, dort wo die reichen Rumänen ihre Villen haben. Am Flughafen habe ich eine Ausgabe des *Observator* mitgenommen, ein Enthüllungsblatt, ganz gut gemacht, die haben einen Geschäftsmann aufs Korn genommen. Berichten fast täglich über ihn. Der soll mit Drogen zu tun haben und mit Geldwäscherei. Hat auch mit dem Vatikan Geschäfte gemacht. Auf jeden Fall interessant, wie dieser Journalist hinter dem her ist und nicht locker lässt. Wie auch immer, aber der ist jetzt tatsächlich festgenommen und zu lebenslanger Haft verurteilt worden. Du bist ja auch öfter in Rumänien, sagt dir der Name Scorpiu etwas?"

„Scooorpiuuuu?"

„Jetzt sag nicht, dass du ihn kennst."

„Ich nicht, aber das ist der, dem ich das Geld von Salvatore schicken soll."

„Glaub ich nicht."

„Doch. Wenn ich es dir sage."

„Hast du schon überwiesen?"

„Noch nicht. Wollte ein paar Tage abwarten."

„Und was machst du jetzt? Du kannst ja nicht jemandem Geld überweisen, der lebenslang im Gefängnis sitzen wird. Da hast du ja sofort deine Aufsichtsbehörden am Hals."

„Du hast recht, Guido. Muss mir die Sache durch den Kopf gehen lassen. Das ist eine komplett neue Situation, keine Frage. Muss unbedingt mit Salvatore darüber sprechen. Ich melde mich später noch einmal bei dir. Danke auf jeden Fall für die Information. Ich kann es noch nicht glauben. Bitte faxe mir die Seite mit dem Artikel, den würde ich gerne lesen."

„Mach ich, Flavio. Bis später."

„Ich melde mich. Bis später, Guido."

20. Mai  Wien

am späten Vormittag

„Ja?“
„Salvatore? Hier ist Flavio.“
„Flavio. Was gibt es Neues?“
„Einiges. Ich muss dich sprechen, aber nicht am Telefon. Es gibt etwas zu berichten. Wann kann ich dich sehen?“
„Wenn du willst und wenn es eilig ist, dann morgen hinter der Grenze. Wir teilen uns den Weg und treffen uns in der Mitte. Du kannst dich erinnern, wo. Wir haben das schon einmal gemacht.“
„Gut. Morgen um 12:00?“
„Einverstanden. Morgen um 12:00. Vielleicht können wir dann gemeinsam eine Kleinigkeit essen.“
„Perfekt.“
„Perfekt. Bis morgen.“

21. Mai

ein Ort kurz hinter der italienischen Grenze,
zu Mittag

Flavio Contarini war neugierig auf die Reaktion von Minotti, wenn er ihm die Nachricht überbringen würde. Sie hatten einen Treffpunkt gleich hinter der Grenze vereinbart, er musste die erste Abfahrt von der Autostrada nehmen und war dann einige Minuten später dort. Contarini wählte diesen Ort immer dann, wenn er einen seiner Klienten sehen wollte, oder auch umgekehrt und sie den Weg teilen wollten. Man konnte in dem abgelegenen Lokal auch eine Kleinigkeit essen und auf jeden Fall sehr angenehm diskrete Gespräche führen.
Heute fuhr Contarini sehr erleichtert Richtung Grenze, weil er keinerlei vertrauliche Unterlagen bei sich hatte und somit keine Kontrolle der Carabinieri fürchten musste. Die einzige brisante Unterlage, die er mit sich führte, war eine Kopie eines Zeitungsartikels, aber brisant war sie nur für Minotti, nicht für die Carabinieri.
Als er etwas vor der vereinbarten Zeit eintraf, war Minotti schon da. Er saß vor einem Glas Weißwein aus der Gegend und machte einen entspannten Eindruck auf Contarini. Solche Termine liebte Flavio, Termine, bei denen es um keine Überzeugungsarbeit ging, Termine, bei denen er nicht seinen Kunden etwas verkaufen musste, Termine, bei denen es nur um einen Gedankenaustausch ging. Als er Platz nahm, hatte er den Ein-

druck, dass Minotti ganz zufrieden war, Contarini nur zu sehen und zu plaudern, und nicht unbedingt gleich Geschäftliches besprechen zu müssen. So verbrachten sie fast eine Stunde mit dem leichten Hauswein, der Wirt sorgte dafür, dass die Karaffe immer nachgefüllt wurde, eine Kleinigkeit hatten sie schon gegessen. Contarini fragte sich langsam, ob Minotti nicht neugierig auf die Nachricht wäre, die er ihm ja angekündigt hatte. Sie kannten einander lange genug um zu wissen, dass keiner der beiden durchschaubare Spiele spielen würde. Diese Phase hatten sie lange hinter sich gelassen. So konnte Minotti beruhigt das Mittagessen genießen, er wusste, dass Contarini schon rechtzeitig mit seiner Neuigkeit herausrücken würde. Ein bisschen Spiel war also noch immer dabei.

Als sie die zweite Karaffe geleert hatten und zum Mineralwasser übergingen, glaubte Contarini, dass der richtige Zeitpunkt gekommen war.

„Salvatore, ich glaube, ich habe eine Information für dich, die nicht uninteressant ist."

„Erzähl."

„Das ist eine Kopie eines Artikels aus dem *Observator* aus Bukarest."

Er schob ihm die Seite hinüber und wusste, dass ein Italiener in groben Zügen auch ganz gut Rumänisch verstehen konnte. Contarini war auf sein Gesicht neugierig.

Es vergingen vier Minuten, bis Minotti den Text zur Gänze gelesen hatte und auch die wesentlichen Passagen verstanden hatte. Ohne Weißwein hätte er wohl nur zwei Minuten gebraucht, dachte Contarini.

„Wirklich lebenslänglich?"

„Ja. Ich habe heute noch mit dem Redakteur gesprochen. Er

war sehr auskunftsbereit, dürfte viel Erfolg mit seinen Kommentaren zu Scorpiu gehabt haben, und auch viel Anerkennung. Er sagt, alle Rechtsmittel sind abgelehnt worden. Scorpiu sitzt. Lebenslang."

Salvatore Minotti war sprachlos. Keine Frage, er gönnte Scorpiu dieses Urteil. Contarini hatte den Eindruck, dass Minotti im Kopf die gesamte, nunmehr schon vergangene Geschäftsbeziehung zu Scorpiu durchdachte, um auf etwaige noch bestehende Risiken zu stoßen, die ihn selber betreffen könnten. Contarini ließ ihn mit seinen Gedanken allein, er konnte ihm bei diesen Überlegungen ohnehin nicht helfen.

Langsam erhellte sich das Gesicht von Minotti, er schien auf keine wesentlichen Probleme gestoßen zu sein. Er war sich ziemlich sicher, in keinen Beweisunterlagen, die gegen Scorpiu verwendet worden sind, namentlich erwähnt zu sein.

Somit blieb nur eine offene Frage:

„Wenn die Behörden in Rumänien die Konten von Scorpiu durchforsten und auf meine Überweisung stoßen, werden sie oder die Guardia di Finanza wohl früher oder später vor meiner Türe stehen. Ich muss mir eine Erklärung einfallen lassen. Hast du eine Idee?"

Contarini ließ einige Augenblicke verstreichen und machte den Eindruck, als ob er nach einer Lösung suchte. Ganz unauffällig griff er immer wieder zu seiner Brieftasche, nur um sicher zu gehen, dass sie noch da war.

Dann sagte er leise zu Minotti:

„Salvatore. Was für eine Überweisung?"

Minotti war sofort klar, dass dies keine naive Frage war, sondern etwas dahinter stecken musste. Er kannte Contarini schon lange und wusste, dass er seine Anweisung zur Überweisung nach Liechtenstein nicht einfach vergessen hatte. Also hatte Contarini eine Idee.

Minotti sagte: „Ich habe dir doch damals in München einen Überweisungsauftrag unterschrieben. Das Geld von Scorpiu sollte doch nach Liechtenstein gehen. Du kannst dich erinnern.“

Contarini griff langsam zu seiner Brieftasche, er ließ sich länger Zeit, als notwendig gewesen wäre, aber er genoss die Situation und beobachtete jeden Muskel, jedes noch so kleine Zucken im Gesicht von Minotti. Aus der Brieftasche holte er den von Minotti unterschriebenen Beleg, der seit seinem Treffen in München an derselben Stelle war und den er seit damals nicht berührt hatte. Er faltete das Papier auseinander und legte es Minotti auf den Tisch.

„Meinst du diese Überweisung?“

Er beobachtete, wie sich der Gesichtsausdruck von Minotti zunehmend aufhellte und nach einigen Augenblicken aus einem nachdenklichen ein lächelndes Gesicht wurde.

„Weißt du, was das bedeutet, Flavio?“

„Ich denke schon. Aus irgendeinem Grund habe ich den Auftrag noch nicht weitergegeben. Niemand außer uns weiß davon. Außer Scorpiu natürlich. Aber der sollte keine Gefahr mehr sein.“

„Das bedeutet, dass das Geld weiterhin auf meinem Konto in deiner Bank ist?“

„So ist es. Und es steht dir zur Verfügung. Es ist dein Konto. Du kannst damit machen, was du willst. Den Auftrag zur Überweisung gebe ich dir zurück. Wenn du willst, habe ich ihn nie von dir bekommen.“

„Und Sorpiu sitzt wirklich lebenslänglich?“, zweifelte Minotti.

„Ja. Es gab einen Deal zwischen ihm und den Behörden. Nach der Verurteilung wäre Scorpiu in ein Gefängnis in der Nähe von Bukarest gebracht worden, ein Gefängnis, das aber dafür bekannt ist, dass dort miserable Zustände herrschen. Er wäre dort mit Mördern und anderen Schwerverbrechern zusammen gewesen und bei dem Gedanken wurde Scorpiu ganz übel und er wehrte sich heftig dagegen. Allerdings hatte er als Verurteilter nicht sehr viele Möglichleiten sich zu wehren, außer einer, nämlich seine Verbindungen in die Politik offen zu legen und damit einigen Personen große Schwierigkeiten zu bereiten. Er hatte ja ohnehin nicht viel zu verlieren, ahnte aber, dass das Syndikat, zu dem er gehörte, ihm früher oder später das Leben schwer machen würde. Das war so üblich, er kannte die Methoden des Syndikats, er hat sie ja auch oft genug angewandt. Er müsste also in diesem Gefängnis um sein Leben fürchten. Das war ihm klar. So kam es zu dem Deal. Die Behörden schlugen ihm ein etwas entlegeneres Gefängnis vor, in dem so gut wie keine Gewaltverbrecher einsitzen. Dort konnte man einige Vergünstigungen einrichten. Die Rede war von jederzeitigem Zugang in einen großzügigen Garten, die Nutzung von Aufenthaltsräumen, die bestens eingerichtet waren, auch seine Zelle wäre so gestaltet, dass sie gar nicht an eine Zelle erinnert. Als Gegenleistung sollte Scorpiu zwei Dinge akzeptieren: Er sollte auf alle möglichen Enthüllungen verzichten und sein Wissen für sich behalten und dann sollte er sich noch dazu bereit erklären, keine Rechtsmittel gegen das lebenslange Urteil zu erheben. Er hatte also die Wahl zwischen einem vielleicht nicht lebenslangen Aufenthalt in einem berüchtigten Gefängnis, in dem er täglich um sein Leben fürchten müsste, oder einem Leben unter relativ angenehmen Umständen, die eher an einen

Hausarrest erinnerten. Allerdings lebenslang. Scorpiu wusste aber, dass in diesem Fall sowohl von seinen ehemaligen Freunden in der Politik als auch vom Syndikat keine Gefahr drohte. Also was blieb ihm anderes übrig. So entschied er sich für die zweite Variante und das Urteil wurde damit sofort rechtskräftig und alle Rechtsmittel waren hinfällig."

Salvatore Minotti versank nun einige Minuten in seinen Gedanken. Damit hatte er nicht gerechnet. Zu seiner großen Überraschung war er nun plötzlich in den Besitz eines ansehnlichen Geldbetrages gekommen, den er nicht benötigte, weil er ohnehin genug Vermögen hatte, aber dennoch, zu wissen, dass das Geld von einem seiner größten Feinde stammte, machte ihn zufrieden. Eine Art später Rache oder sowas Ähnliches, dachte Minotti. Trotz der erfreulichen Nachricht war Minotti dennoch etwas unruhig, weil er nicht sicher sein konnte, ob das lebenslange Urteil über Scorpiu auch wirklich hielt. Er musste daher einen Plan für den Fall einer vorzeitigen Entlassung von Scorpiu haben. Dem Auftrag von Scorpiu nachzukommen und das Geld nach Liechtenstein zu überweisen, kam jetzt wohl nicht mehr in Frage. Einerseits hätte die Bank damit wahrscheinlich Schwierigkeiten bekommen, und andererseits könnte er dann Guido Konzett nicht helfen, sein Problem mit den Anleihen zu lösen. Er beschloss, das Geld auf seinem Konto zu belassen und nie mehr anzugreifen. Es sollte liegen bleiben, ein stilles Geld sollte es werden. Und es sollte still bleiben. Nur wenige würden die Geschichte der Herkunft kennen und so sollte es auch bleiben. Minotti dachte an das Gespräch mit Scorpiu, das erst vor wenigen Wochen stattgefunden hatte. Und dann diese Geldübergabe in Triest mit dem ungeplanten Ausgang. Und dieser Fotograf. Und jetzt die Sache mit dem Überweisungsbeleg, den Contarini seit Tagen in seiner Brieftasche mit sich trug. „Weißt du was, sag deinem Freund Guido, dass ich ihm seine griechischen Staatsanleihen abkaufe. Den Preis könnt ihr bestimmen. Eine Hand wäscht die andere. Ihr sollt auch etwas davon haben. Ich habe den Eindruck, dass Guido mit diesen Anleihen ein Problem hat, ich brauche das Geld ohnehin nicht. Was meinst du?"

„Er wird dir dafür dankbar sein, Salvatore."

Sie beschlossen noch ein Glas zu nehmen, aber es sollte jetzt wirklich das letzte sein. Einen Grund zum Feiern gab es ohne Zweifel. Nachrichten wie diese bekommt man nicht oft.

Einige Minuten saßen sie schweigend vor ihren Gläsern, beide damit beschäftigt, die neue Lage zu überdenken.

Dann sagte Minotti:

„Flavio, ich bin dir zu Dank verpflichtet. Ich möchte dir deshalb einen Vorschlag machen: Vor zwei Jahren habe ich in Triest eine Villa gekauft, eigentlich ist es ein Palazzo, der Palazzo Fonte dei Fiori. Du kennst ihn vielleicht, er ist eine der schönsten Villen in Triest. Man sieht auf den Hafen und du hast das Meer vor dir. Ich habe ihn renovieren lassen, er ist gerade fertig geworden. Eine Pracht. Das Erdgeschoss verwendet hin und wieder meine Schwester, aber das erste Geschoss ist fast noch schöner, weil du eine schönere Aussicht hast. Das Obergeschoss hat auch einen eigenen Eingang. Das habe ich bei den Umbauarbeiten so gemacht. Es ist komplett eingerichtet, aber es steht leer, ich bin jetzt oft in Pescara, deshalb komme ich nicht dazu, nach Triest zu fahren. Du kannst diese Wohnung verwenden, Flavio. Wann immer du willst, sieben Tage die Woche, zwölf Monate im Jahr. Sie steht dir zur Verfügung. Sieh es als Dank für das, was du getan hast. Wenn ich nach Triest komme, kann

ich ja bei meiner Schwester wohnen. Also, was meinst du?"
Flavio wusste im Augenblick nicht, was er sagen sollte, so sehr war er beeindruckt und verblüfft von diesem Angebot. Warum sollte er es nicht annehmen? Minotti erwähnte noch beiläufig, dass er das Haus seiner Schwester geschenkt hatte, so gab es auch keine Probleme mit einer etwaigen Geschenkannahme von einem Kunden. Es hatten sich durch eine glückliche Fügung scheinbar alle Probleme gelöst, und Contarini sah keinen Grund das Angebot abzulehnen. Er plante ohnehin für dieses Jahr vier Wochen Urlaub, und dieser Vorschlag kam ihm gerade recht.
Also sagte er zu. Er wollte die Gastfreundschaft von Minotti nicht über Gebühr beanspruchen, aber für eine gewisse Zeit? Klang gut. Sie verabschiedeten sich voneinander, es war schon Nachmittag geworden, doch Contarini fiel noch etwas ein.
„Salvatore, ich glaube, das gehört dir", sagte Contarini und gab ihm *Die göttliche Komödie*.
„Danke, sie ist mir schon abgegangen." Sein Lieblingsbuch hatte also das stille Geld begleitet.
Sie warfen einander noch einen kurzen Blick zu und fuhren dann in ihre Richtungen.
Contarini schrieb noch eine kurze Nachricht an Donatella, sie könnte ihn am Telefon erreichen, wenn es bei ihr ginge. Er wäre jetzt im Auto auf der Rückfahrt.

Zehn Minuten später läutete das Telefon.
„Donatella, das hat ja gut geklappt."
„Ja, ich habe gerade an dich gedacht, als deine Nachricht gekommen ist."
„Dann haben wir beide aneinander gedacht."

„Wie war dein Tag?", fragte sie.
„Diesmal ein überaus positiver Tag. Hatte ein sehr entspanntes Mittagessen hinter der Grenze und auch ein sehr angenehmes Gesprächsthema. Erzähl ich dir, wenn wir uns sehen. Und bei dir?"
„Naja – eigentlich nicht schlecht. Wenn ich es mir recht überlege, eigentlich sogar sehr gut. Ich habe dir doch erzählt, dass er in letzter Zeit öfter in Toronto war, ohne mir zu sagen, worum es dort eigentlich ging. Er hat immer herumgeredet, hat immer das Thema gewechselt. Aber gestern ist er damit herausgerückt. Stell dir vor, er hat ein Angebot von einem Chiphersteller bekommen und will komplett nach Toronto übersiedeln. Das Angebot sei so attraktiv, dass er es nicht ablehnen könne. Sagt er. Als ich ihn dann gefragt habe, wie er sich unsere Ehe und überhaupt unsere Beziehung vorstellt, hat er gezögert, mir langwierig ausweichende Antworten gegeben. Nach langem Hin und Her ist er aber mit der Wahrheit herausgerückt und hat dann gemeint, dass für ihn unsere Ehe ohnehin in letzter Zeit nicht mehr das wäre, was er sich vorgestellt hatte, und dass eine Trennung sowieso das Beste wäre. Dies sei eine gute Gelegenheit, eigentlich ein Wink des Schicksals. Dieses Angebot aus Toronto käme zum richtigen Zeitpunkt. Und so weiter. Du kannst dir vorstellen, dass ich ziemlich baff war, aber ich habe ihn reden lassen und ihm erst dann, als er fertig war, gesagt, dass es mir auch so ginge und ich schon lange mit ihm über eine Trennung sprechen wollte. Ich spürte direkt seine Erleichterung, und ich muss dir sagen, mir ist ein Stein vom Herzen gefallen, dass er mit diesem Thema begonnen hat."
„Wie ist es überhaupt in eurer Ehe soweit gekommen?", wollte Flavio wissen.

„Ich glaube, es hängt mit den Erwartungen zusammen, und mit der Erfüllung dieser Erwartungen. Ich habe ihm gesagt, dass ich eines Tages beschlossen habe, mich nicht mehr nach ihm zu sehnen. Das klingt zwar merkwürdig, aber das war ganz einfach mein Selbstschutz, ich wollte mich nicht nach ihm sehnen und dann immer wieder merken, dass er nicht so empfindet wie ich. Wenn du Erwartungen hast, die immer wieder enttäuscht werden, dann ist es das Beste, die Erwartungen zu reduzieren und siehe da, es funktioniert. Habe ich ihm auch so gesagt."
„Und als du deine Erwartungen zurückgeschraubt hast, warst du dann glücklich mit ihm?", stieß Flavio nach.
„Davon kann keine Rede sein, aber es ging so einigermaßen."
„Und wie hat er darauf reagiert, als du ihm das gesagt hast?"
„Diesmal war er ziemlich baff, so etwas hört ein Mann nicht gerne. Er hat geschluckt und war dann eine Zeit lang ruhig. Wahrscheinlich gekränkt. Weiß nicht genau. Hat es so hingenommen."
„Und wie geht es jetzt mit euch weiter?"
„Er übersiedelt in vier Wochen nach Toronto und wir trennen uns. Die Wohnung behalte ich vorläufig. So, das sind doch Neuigkeiten. Oder?"
Flavio hatte an diesem Tag und besonders in den vergangenen Wochen schon genug Überraschungen erlebt, aber diese Neuigkeit war die angenehmste. Bei weitem die angenehmste. Plötzlich eröffneten sich ganz neue Möglichkeiten in seinem Leben, das er nun vielleicht mit Donatella verbringen könnte, etwas, was er sich bisher noch nicht vorgestellt hatte und auch nicht gehofft hatte, dass es möglich werden konnte. Das Leben konnte unerwartete Überraschungen mit sich bringen, und Flavio fragte sich, ob es denn immer sinnvoll sei, alles planen zu

müssen. Gut, zugegeben, wenn es um geschäftliche Dinge ging, würde es ohne Planung wohl nicht gehen. Das wurde ja auch von ihm erwartet. Aber dennoch wunderte er sich, wie viele Dinge aus reinem Zufall geschehen waren, Dinge, die er nie hätte planen können. Aber hätte man sich darauf verlassen können? Wohl nicht, überlegte Flavio, und umso mehr freute er sich über den Zufall und die Nachricht, die ihm jetzt Donatella mitgeteilt hatte. Ganz kurz wurde ihm bewusst, dass auch dann, wenn er an Donatella dachte, ihn immer wieder die Gedanken über seinen Beruf einholten und diese neue und aufregende Liebe störten. Es kam ihm vor, wie wenn seine geschäftlichen Verpflichtungen bereits Besitz von ihm ergriffen hätten. Für die Bank nur den Kopf, für mich das Herz, sagte ihm Donatella oft, wenn er zermürbt von seinem Alltag mit ihr telefonierte und ihr die Erlebnisse seines Tages erzählte. Er nahm sich vor, in Zukunft mehr auf das Herz zu achten.

„Ich würde dich heute gerne sehen, Donatella. Du bist Teil meines Lebens."

„Dann ruf mich an, wenn du da bist. Ich bin gerne Teil deines Lebens."

„Übrigens: Ich möchte mir ein paar Wochen frei nehmen. Wir könnten doch gemeinsam wegfahren. Was meinst du?"

„Immer. Wie du weißt, mit dir überall hin, aber am liebsten nach Italien."

„Warum nicht Triest?"

„Warum nicht Triest."

Epilog

Flavio Contarini und Donatella verbrachten eine wunderbare Zeit in Triest und beschlossen, ihr Leben gemeinsam zu verbringen. Sie zogen von Wien nach Italien, und Flavio wurde Verwalter einer großen italienischen Familienstiftung. In die Wohnung im ersten Stock des Palazzo Fonte dei Fiori kehrten sie nie mehr zurück.

Guido Konzett blieb noch zwei Jahre in Lugano und übernahm dann die Leitung des Unternehmens seines Vaters, der sich in den Verwaltungsrat zurückzog.

Scoppa wurde zum Maresciallo Capo befördert und konnte somit in seine neue Wohnung mit Blick auf den Hafen übersiedeln. Seine Zuneigung zu Chiara wuchs mit jedem Tag und auch Chiara fühlte, dass er der Richtige für sie war. Nach zahlreichen Opernbesuchen wussten sie, dass sie für einander bestimmt waren und Scoppa beschloss, bei ihren Eltern um ihre Hand anzuhalten. Sie haben geheiratet und leben noch heute zusammen in der Wohnung mit der einzigartigen Aussicht.

Der Capitano konnte seine kleinen Geschäfte ausweiten und dadurch viele neue Freunde gewinnen.

Limanu Mircea genoss hohe Anerkennung für seine Arbeit und bekam vom Bürgermeister eine Auszeichnung für seine Verdienste um die Sicherheit der Stadt. Als einige Jahre später sein Vorgesetzter in den Ruhestand trat, wurde Mircea zum Chefredakteur des *Observator* befördert und musste immer wieder seinen jungen Kollegen von den dramatischen Wochen seiner Aufdeckungsarbeit zum Fall Scorpiu erzählen.

Lechner blieb weiterhin der Leiter der kleinen Bankfiliale. Auf den Rat einer befreundeten Kollegin in der Bank besorgte er sich zwei neue Hosen und beschloss, in Zukunft mehr auf die Farbkombination seiner Kleidung zu achten.

Salvatore Minotti ging weiterhin seinen Geschäften nach und verbrachte die meiste Zeit in Pescara, er schätzte das milde Klima dieser Gegend. In seinem Wertpapierdepot liegen noch heute die griechischen Staatsanleihen, sie haben zwar weiter an Wert verloren, aber das störte Minotti nicht.

Adrian Scorpiu konnte sich noch immer nicht ganz mit seiner Haft abfinden. Die Umstände in der Vollzugsanstalt waren jedoch zufriedenstellend und seine Zelle entsprach mehr einer Wohnung. Auch sein Wunsch nach einem Billardtisch und einer Hausbar wäre ihm anstandslos erfüllt worden, wenn er dem Wachpersonal das eine oder andere kleine Geschenk gemacht hätte. Scorpiu hätte etwas aus seinem Schließfach gebraucht, aber er konnte Fatoumata nicht erreichen. Ihr Telefon war ausgeschaltet.

Fatoumata beschloss am Tag der Verhaftung von Scorpiu nach Gambia zurückzukehren und übernahm dort bald eine Stelle bei der lokalen Niederlassung einer internationalen Erdölgesellschaft. Als sie Wochen später nach einem verlorenen Ring suchte, entdeckte sie in einem Seitenfach ihrer Handtasche den Schlüssel zu einem Schließfach. Sie machte sich aber keine weiteren Gedanken darüber, weil sie davon ausging, dass sie nur einen von mehreren Schlüsseln hatte. Neben dem Schlüssel lagen noch zwei Notizen, auf einer stand der Name einer Bank und auf der anderen eine Telefonnummer.

Der Zufall spielte für alle eine große Rolle, auch wenn dies nicht allen bewusst war.

IMPRESSUM

ISBN 978-3-85485-297-1

styria BOOKS

Bücher aus der Verlagsgruppe Styria gibt es
in jeder Buchhandlung und im Online-Shop

styriabooks.at

Lektorat: Reinhard Deutsch
Covergestaltung: Bruno Wegscheider
Buchgestaltung: Anna Caterina Wegscheider

Coverfotos: istockphoto/jordano2000 (Hintergrund),
Mnozh (Koffer)

Druck und Bindung: Druckerei Theiss GmbH
St. Stefan im Lavanttal